兩人一組！ ①
開口就能學日語

ペアワークで学ぶ日本語

中村直孝、林怡君 合著

　　現在、台湾では多くの質の高い日本語教科書が販売されていますが、学習者が意欲を持って学習するのに、十分ではないと私たちは感じていました。それは、ミラーさんが自転車を持っているかどうかに学習者は興味を持つことはないからです。では、学習者が興味を持てる発話内容とは何でしょうか。それは、①自分や相手のことについて、②興味を持てることを、③自律的に、④理解できる語彙で、話せることだと私たちは考え、その方法を模索してきました。その方法の一つが、ペアワーク練習です。学習者個人のことについてペアワークで問答し合うという方法に着目し、実際に10年ほどそうした自作教材を作って自分たちの教育現場で使い続けてきました。学習者が笑いながらペアワークで練習している様子から、この方法は学習者の動機を高め、個別的な練習ができる点で効果があると自信を持ちました。こうした教材を、より一般的な内容に手直ししたのが、本書になります。

　　本書の練習では次のような利点があります。

１）二人一組での練習なので、多人数のクラスでも使用が可能です。しかし、その反面正しく会話できているかどうか、教師が把握できないため、適切なフィードバックが必要です。

２）話題も文型も提示されていますが、語彙の選択などは学習者が自律的にしなければならない練習が多く、より実践的な練習ができます。定型のパターンプラクティスなどでは特に問題のなかった学生でも、実はあまり実践的な会話ができない場合がありますが、そうした学生に指導が可能となります。

３）学習者同士の交流によって、学習の促進が期待できます。多くの練習で、学習者自身の個人的な状況について答える活動を取り入れています。母の日にプレゼントをしたかどうか、どんなプレゼントをしたか

など、日常の些細な事柄についての問答ですが、そうした情報の積み重ねは、学習者の交流を促進し、学習意欲を高めていくと考えられます。

　本書は、多くの人の協力と忍耐によって完成いたしました。心より感謝いたします。

締め切りギリギリの 2021 年 6 月 27 日

中村直孝　林怡君

本書適用所有日語教師及讀者。

可搭配所有日語讀本使用，亦可單獨作為會話教材。

學習步驟：

1 本書共 50 課。每一課課程開始前，建議兩人一組，一位持 A 面，一位持 B 面。

2 進行對話前先看 A 面的「書きましょう」，此部分是幫助學習者了解該課主旨最重要的部分，而 B 面的「書きましょう」為參考答案。

3 以「書きましょう」為範本，前進「話しましょう」互相詢問，並將對方的回答記錄下來，並參考「書きましょう」給予回應，以達成對話練習。程度較佳的學習者，可以不看對方那頁，直接進行回答，會有更佳的學習成效。

3 「ポイント」為該課文法提示或經常誤解的觀念。

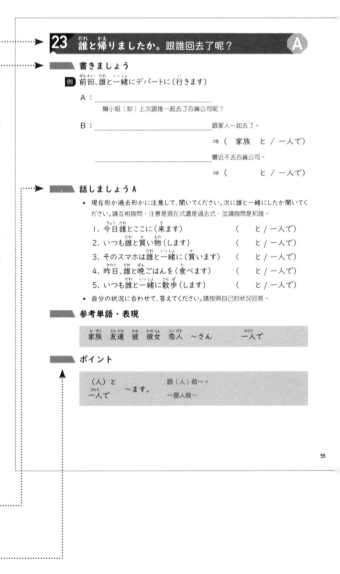

---

23 誰と帰りましたか。跟誰回去了呢？　**B**

■ 書きましょう（答え）

例　前回、誰と一緒にデパートに（行きます）

A：　頼さんは前回、誰と一緒にデパートに行きましたか。
　　　賴小姐（妳）上次跟誰一起去了百貨公司呢？
B：　家族と一緒に行きました。　　　　跟家人一起去了。
　　　最近、デパートには行きません。　最近不去百貨公司。

■ 話しましょうB

• 自分の状況に合わせて、答えてください。請按照自己的狀況回答。

• 現在形か過去形かに注意して、聞いてください。次に誰と一緒にしたか聞いてください。互相詢問，注意是現在式還是過去式，並請詢問是和誰。

6. 前回、誰とお酒を（飲みます）　　　　　（　　と／一人で）
7. いつも誰と一緒に運動（します）　　　　（　　と／一人で）
8. 昨日誰と（帰ります）　　　　　　　　　（　　と／一人で）
9. いつも誰と一緒に勉強（します）　　　　（　　と／一人で）
10.そのかばんは誰と一緒に（買います）　　（　　と／一人で）

■ 参考単語・表現

| 家族 | 友達 | 彼 | 彼女 | 恋人 | ～さん | 一人で |

■ やってみましょう

正確請打○，錯線請打 ×。

1. 明日 ［（　）友達と　　（　）友達で］お酒を飲みます。
2. 昨日 ［（　）家族と　　（　）家族で］スーパーに行きました。
3. 時々 ［（　）一人と　　（　）一人で］晩ごはんを食べます。
4. 私は昨日、［（　）彼女と　　（　）彼女で］［（　）二人と　　（　）二人で］ごはんを食べました。

56

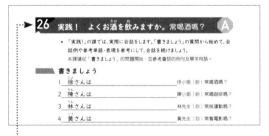

26 実践！　よくお酒を飲みますか。常喝酒嗎？　**A**

• 「実践！」の課では、実際に会話をします。「書きましょう」の質問から始めて、会話例や参考単語・表現を参考にして、会話を続けましょう。
本課請從「書きましょう」的問題開始，並參考會話的例句及單字用語。

■ 書きましょう

1	徐さんは　　　　　　　　　　　　　徐小姐（妳）常喝酒嗎？
2	陳さんは　　　　　　　　　　　　　陳小姐（妳）常喝咖啡嗎？
3	林さんは　　　　　　　　　　　　　林先生（你）常做運動嗎？
4	黄さんは　　　　　　　　　　　　　黄先生（你）常看電影嗎？

＊補充説明：此書的中日文説明，非中日對譯，提供學習者可用日文或中文理解該大題的進行方式。

目次

作者序 2

本書使用方法 4

01 携帯は何番ですか。手機是幾號呢？ 11
   学習項目 名詞文（電話番号）

02 誰のですか。是誰的呢？ 13
   学習項目 名詞文「誰の」

03 いくらですか。多少錢呢？ 15
   学習項目 名詞文（百までの数字）

04 600元です。600台幣。 17
   学習項目 名詞文（万までの数字）

05 運動しますか。（你）運動嗎？ 19
   学習項目 動詞文（YN 質問）

06 時々図書館に行きます。有時候會去圖書館。 21
   学習項目 動詞文（頻度）

07 昨日、テレビを見ましたか。昨天看電視了嗎？ 23
   学習項目 動詞文（過去）

08 どこに行きますか。要去哪裡呢？ 25
   学習項目 動詞文「どこに行きますか」

09 分かりますか。了解嗎？ / 懂嗎？ / 明白嗎？ 27
   学習項目 動詞文「分かります」

10 いいえ、忙しくないです。不，不忙。 29
   学習項目 形容詞文（YN 質問）

11 好きですか。喜歡嗎？ 31
　學習項目 形容詞文「好き、嫌い」

12 得意ですか。拿手嗎？ / 擅長嗎？ 33
　學習項目 形容詞文「得意、苦手」

13 かっこいい女性は好きですか。喜歡帥氣的女生嗎？ 35
　學習項目 形容詞文（修飾用法）「好き、嫌い」

14 よくお酒を飲みますか。どうですか。常喝酒嗎？如何呢？ 37
　學習項目 動詞文（頻度）＋形容詞文「どうですか」

15 いいえ、暑くなかったです。不，不熱。 39
　學習項目 形容詞文（過去 YN 質問）

16 どうでしたか。如何呢？ 41
　學習項目 動詞文（過去）＋形容詞文「どうでしたか」

17 何時から何時までですか。幾點到幾點呢？ 43
　學習項目 疑問詞（営業時間）「何時から何時までですか」

18 19 日は何曜日ですか。19 號是星期幾呢？ 45
　學習項目 疑問詞（日付）「～月～日は何曜日ですか」

19 何も買いませんでした。什麼都沒買。 47
　學習項目 疑問詞「何も～ません」

20 何を食べましたか。吃了什麼呢？ 49
　學習項目 疑問詞「何を～ますか」

21 何時に起きましたか。幾點起床了呢？ 51
　学習項目 疑問詞「何時に〜ますか」

22 どこで勉強しますか。在哪裡學習呢？ / 在哪裡念書呢？ 53
　学習項目 疑問詞「どこで〜ますか」

23 誰と帰りましたか。跟誰回去了呢？ 55
　学習項目 疑問詞「誰と〜ますか」

24 いつ、誰と行きましたか。什麼時候、跟誰去了呢？ 57
　学習項目 疑問詞総合「どこに、いつ、誰と行きましたか」

25 どうやって行きますか。怎麼去呢？ 59
　学習項目 疑問詞「どうやって行きますか」

26 実践！ よくお酒を飲みますか。常喝酒嗎？ 61
　学習項目 実践！（お酒や運動などの習慣）

27 どこに服を買いに行きますか。去哪裡買衣服呢？ 63
　学習項目 目的「どこに〜に行きますか」

28 何時間スマホを使いますか。智慧型手機用幾小時呢？ 65
　学習項目 継続時間「何時間〜ますか」

29 1週間に何回掃除しますか。一星期打掃幾次呢？ 67
　学習項目 頻度数「（期間）に何回〜ますか」

30 何時間かかりますか。要花幾小時呢？ 69
　学習項目 必要な時間「何時間かかりますか」

31 日曜日にアルバイトがありますか。星期日有打工嗎？ 71
学習項目 存在「あります」（スケジュール）

32 かっこいい人がいますか。有長得帥的人嗎？ 73
学習項目 存在「います」

33 何人いますか。有幾個人呢？ 75
学習項目 数量「何人いますか」

34 いくつありますか。有幾個呢？ 77
学習項目 数量「～つ、～冊、～台、～枚」

35 一緒にしませんか。一起嗎？ 79
学習項目 働きかけ「～ませんか　～ましょう」

36 実践！ 一緒に買い物に行きませんか。一起去逛街嗎？ 81
学習項目 実践！（誘いと計画）

37 猫のほうが好きです。比較喜歡貓。 83
学習項目 比較（2つ　形容詞）「～のほうが～」

38 何が一番好きですか。最喜歡什麼呢？ 85
学習項目 比較（3つ以上　形容詞）「～が一番～」

39 どちらをよく買いますか。常買哪一個呢？ 87
学習項目 比較（2つ　動詞）「～のほうをよく～ます」

40 どんな音楽を一番よく聞きますか。最常聽什麼樣的音樂呢？ 89
学習項目 比較（3つ以上　動詞）「～を一番よく～ます」

41 実践! どこが一番よかったですか。哪裡最好呢？ 91
學習項目 実践!（過去の旅行）

42 何をもらいましたか。收到了什麼呢？ 93
學習項目 授受動詞「何をあげましたか / もらいましたか」

43 誰にあげましたか。給了誰呢？ 95
學習項目 授受動詞「誰にあげましたか / もらいましたか」

44 プレゼントをもらいましたか。收到禮物了嗎？ 97
學習項目 授受動詞総合「誰に、何を」

45 誰がくれましたか。誰給你的呢？ 99
學習項目 授受動詞「誰が / 何をくれましたか」

46 私は借りませんでしたよ。我沒有借喔。 101
學習項目 授受動詞＋「貸す、借りる」など

47 ドラマを見たいですか。想看連續劇嗎？ 103
學習項目 希望「～たい」＋「ほしい」

48 何を食べたいですか。想吃什麼呢？ 105
學習項目 希望「何を～たいですか」

49 そうですか。私も行きたいです。是喔，我也想去。 107
學習項目 希望「～たいです」

50 実践! 旅行に行きたいですか。想去旅行嗎？ 109
學習項目 実践!（したい旅行）

附録 111
「やってみましょう」解答

書きましょう

例 佐藤さん 家 →

A : _____

不好意思，佐藤小姐的家裡的電話號碼是幾號？

B : ___ 03-4519-3569 ___ 是 03-4519-3569。

A : ___ 03-4519-3569 ___ 03-4519-3569 是吧？

B : _____ / _____ 03-4519-3569

是，是那樣。/ 不對，是 03-4519-3569。

話しましょうA

• 電話番号を聞いて、書いてください。請詢問對方電話號碼，再寫下來。

1. 佐藤	携帯	
2. 陳	家	
3. 佐藤	会社	
4. 陳	携帯	

• 聞かれた電話番号を答えてください。請回答被問的電話號碼。

林	家	02-2311-1531
	携帯	0911-523-967
田中	会社	03-2178-4596
	携帯	080-5376-9061

ポイント

（名詞1）は（名詞2）ですか。（名詞1）是（名詞2）嗎？

はい、そうです。是，是那樣。 / いいえ、違います。不，不對。

書きましょう（答え）

例 佐藤さん　家→

A： すみません、佐藤さんの家の電話番号は何番ですか。

不好意思，佐藤小姐的家裡的電話號碼是幾號？

B： 03-4519-3569 です。 是 03-4519-3569。

A： 03-4519-3569 ですね。 03-4519-3569 是吧？

B： はい、そうです。 / いいえ、違います。03-4519-3569 です。

是，是那樣。/ 不對，是 03-4519-3569。

話しましょうB

- 聞かれた電話番号を答えてください。請回答被問的電話號碼。

佐藤	会社	078-613-9452
	携帯	090-9234-5678
陳	家	02-2881-9471
	携帯	0952-256-263

- 電話番号を聞いて、書いてください。請詢問對方電話號碼，再寫下來。

5. 林	携帯	
6. 田中	携帯	
7. 田中	会社	
8. 林	家	

参考単語・表現

もう一度、お願いします。請再一次。

書きましょう

A： ＿＿＿＿＿＿＿＿＿＿＿＿＿＿＿＿＿＿＿＿＿　這本書是誰的呢？

B： ＿＿＿＿＿＿＿＿＿＿＿＿＿＿＿＿＿＿＿＿＿　是陳先生的。

話しましょうＡ

- 持ち主の名前を聞いて、「李　渡辺　中村　王」から一つ選んで名前を書いてください。請詢問持有者姓名，並從「李　渡辺　中村　王」中選一個寫下。

- 聞かれたものの持ち主を答えてください。請回答被問的物品是誰持有。

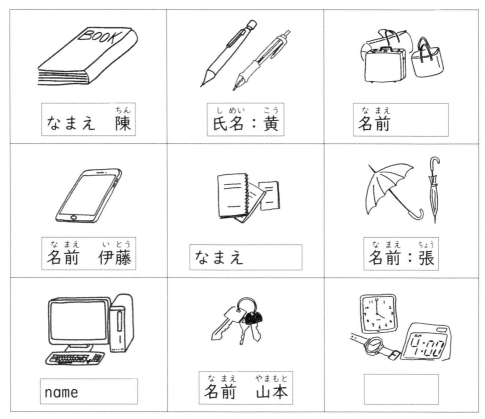

ポイント

これは誰の本ですか。
＝この本は誰の本ですか。
＝この本は誰のですか。
＝これは誰のですか。

書きましょう（答え）

A：　この本<ruby>本<rt>ほん</rt></ruby>は誰<ruby>誰<rt>だれ</rt></ruby>のですか。　　　　　　　　　這本書是誰的呢？

B：　陳<ruby>陳<rt>ちん</rt></ruby>さんのです。　　　　　　　　　　　　是陳先生的。

話しましょうB

- 聞かれたものの持ち主を答えてください。請回答被問的物品是誰持有。

- 持ち主の名前を聞いて、「張<ruby>張<rt>ちょう</rt></ruby> 伊藤<ruby>伊藤<rt>いとう</rt></ruby> 黄<ruby>黄<rt>こう</rt></ruby> 山本<ruby>山本<rt>やまもと</rt></ruby>」から一つ選んで名前を書いてください。請詢問持有者姓名，並從「張<ruby>張<rt>ちょう</rt></ruby> 伊藤<ruby>伊藤<rt>いとう</rt></ruby> 黄<ruby>黄<rt>こう</rt></ruby> 山本<ruby>山本<rt>やまもと</rt></ruby>」中選一個寫下。

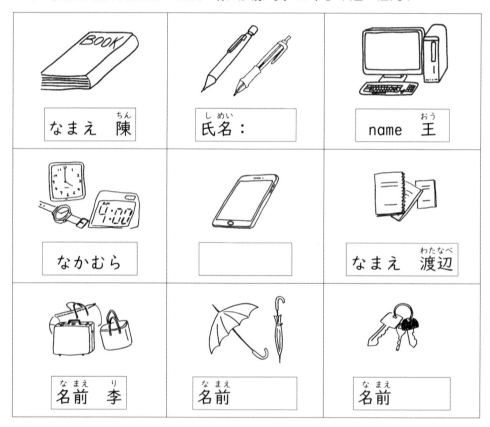

書きましょう

例 お茶（ちゃ）　⇒（160）円

A：＿＿＿＿＿＿＿＿＿＿＿＿＿＿＿＿＿＿　這瓶茶，多少錢呢？

B：＿＿＿＿＿＿＿＿＿＿＿＿＿＿＿＿＿＿　是 160 日圓。

話しましょうA

- いくらか聞いて、書いてください。請先問多少錢，再寫下來。

お菓子（かし）	コーヒー	お茶（ちゃ）
（　　）円	（　　）円	（　　）円
バナナ	雑誌（ざっし）	マスク
（　　）円	（　　）円	（　　）円

- 値段を答えてください。請回答價錢。

ビール 670 円

ジュース 160 円

ノート 200 円

ペン 310 円

本（ほん） 850 円

傘（かさ） 920 円

ポイント

十	10 じゅう　20 にじゅう　30 さんじゅう ……		
百	100 ひゃく	200 にひゃく	300 さん びゃく
	400 よんひゃく	500 ごひゃく	600 ろ っ ぴゃく
	700 ななひゃく	800 は っ ぴゃく	900 きゅうひゃく

書きましょう（答え）

例 お茶　⇒（160）円

A：　このお茶はいくらですか。 　　　　　這瓶茶，多少錢呢？

B：　160 円です。 　　　　　是 160 日圓。

話しましょうB

- 値段を答えてください。請回答價錢。

雑誌 820 円　　　バナナ 230 円　　　マスク 340 円

コーヒー 180 円　　　お茶 290 円　　　お菓子 650 円

- いくらか聞いて、書いてください。請先問多少錢，再寫下來。

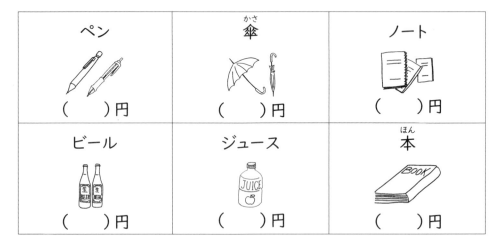

ペン	傘	ノート
（　　　）円	（　　　）円	（　　　）円
ビール	ジュース	本
（　　　）円	（　　　）円	（　　　）円

やってみましょう

正確的是 a 還是 b ？

1. 202 ［ a にひゃくに　b にひゃくゼロに ］
2. 140 ［ a いちひゃくよんじゅう　b ひゃくよんじゅう ］
3. 310 ［ a さんびゃくじゅう　b さんびゃくいちじゅう ］

書きましょう

例 本 ⇒（540）元

A： ＿＿＿＿＿＿＿＿＿＿＿＿＿＿＿＿＿＿ 這本書，多少錢呢？

B： ＿＿＿＿＿＿＿＿＿＿＿＿＿＿＿＿＿＿ 是 540 台幣。

A： ＿＿＿＿＿＿＿＿＿＿＿＿＿＿＿＿＿＿ 是 540 台幣喔。

＿＿＿＿＿＿＿＿＿＿＿＿＿＿＿＿＿＿ 有點貴耶。

＿＿＿＿＿／＿＿＿＿＿＿＿＿＿＿＿＿ 還好耶。

＿＿＿＿＿／＿＿＿＿＿＿＿＿＿＿＿＿ 便宜耶。

話しましょうA

- いくらか聞いて、書いてください。請問完價錢後，寫下金額。

1. このジュース	元
2. このかばん	元
3. このパソコン	元
4. ここの家賃	元
5. この時計	元

- 値段を答えてください。請回答價錢。

教科書	300 元	スマホ	22,900 元
1 時間の授業料	400 元	お茶	20 元
1 年の学費	40,000 元	お菓子	250 元

ポイント

千	1000 せん	2000 にせん	3000 さんぜん
	4000 よんせん	5000 ごせん	6000 ろくせん
	7000 ななせん	8000 はっせん	9000 きゅうせん
万	1万 いちまん 2万 にまん 3万 さんまん ……		

書きましょう（答え）

例 本　　⇒（540）元

A：　この本はいくらですか。　　　　　　　　　　這本書，多少錢呢？

B：　540元です。　　　　　　　　　　　　　　　是 540 台幣。

A：　540元ですか。　　　　　　　　　　　　　　是 540 台幣喔。

　　　ちょっと高いですね。　　　　　　　　　　有點貴耶。

　　／　まあまあですね。　　　　　　　　　　　還好耶。

　　／　安いですね。　　　　　　　　　　　　　便宜耶。

話しましょうB

- 値段を答えてください。請回答價錢。

時計	32,000 元	かばん	1,400 元
ジュース	120 元	パソコン	9,600 元
家賃	50,000 元	くつ	12,700 元

- いくらか聞いて、書いてください。請問完價錢後，寫下金額。

6. このお茶	元
7. この教科書	元
8. このお菓子	元
9. このスマホ	元
10. ここの１年の学費	元

書きましょう

例 コーヒー

A : ＿＿＿＿＿＿＿＿＿＿＿＿＿＿＿＿＿＿＿＿＿ 吳小姐（妳）喝咖啡嗎？

B : ＿＿＿＿＿＿＿＿＿＿＿＿＿＿＿＿＿＿＿＿＿ 對，（我）喝。　　⇒○

＿＿＿＿＿＿＿＿＿＿＿＿＿＿＿＿＿＿＿＿＿ 不，（我）不喝。　⇒×

話しましょうA

- 相手に聞いて、○か×を書いてください。請詢問對方後，再打○或 ×。

    1. 刺身　　　　　　　　（　　）
    2. 牛乳　　　　　　　　（　　）
    3. 料理　　　　　　　　（　　）
    4. お酒　　　　　　　　（　　）
    5. 肉　　　　　　　　　（　　）
    6. 運動　　　　　　　　（　　）
    7. 納豆　　　　　　　　（　　）
    8. コーヒー　　　　　　（　　）

- 自分の状況に合わせて、答えてください。請按照自己的狀況回答。

ポイント

> 動詞句型（現在）
>
> Aさんは（対象）を～ますか。
>
> 　はい、～ます。 / いいえ、～ません。

書きましょう（答え）

例 コーヒー

A： 呉さんはコーヒーを飲みますか。　　呉小姐（妳）喝咖啡嗎？

B： はい、飲みます。　　　　　　　　對，（我）喝。　　⇒○

　　いいえ、飲みません。　　　　　　不，（我）不喝。　⇒×

話しましょうB

- 自分の状況に合わせて、答えてください。請按照自己的狀況回答。

- 相手に聞いて、○か×を書いてください。請詢問對方後，再打○或 ×。

　　9. 運動　　　　　　　（　）
　　10. 刺身　　　　　　　（　）
　　11. コーヒー　　　　　（　）
　　12. お酒　　　　　　　（　）
　　13. 肉　　　　　　　　（　）
　　14. 納豆　　　　　　　（　）
　　15. 料理　　　　　　　（　）
　　16. 牛乳　　　　　　　（　）

やってみましょう

正確的是 a 還是 b？

1. 運動　［ a うんどう　 b うんどん ］

2. 料理　［ a りゃうり　 b りょうり ］

3. 納豆　［ a なっとう　 b なんとう ］

4. 牛乳　［ a ぎょうにゅう　 b ぎゅうにゅう ］

書きましょう

例 カレー

A：＿＿＿＿＿＿＿＿＿＿＿＿＿＿＿＿＿＿＿＿　劉先生（你）常吃咖哩嗎？

B：＿＿＿＿＿＿＿＿＿＿＿＿＿＿＿＿＿＿＿＿　對，（我）常吃。

＿＿＿＿＿＿＿＿＿＿＿＿＿＿＿＿＿＿＿＿＿　對，（我）有時候吃。

＿＿＿＿＿＿＿＿＿＿＿＿＿＿＿＿＿＿＿＿＿　不，（我）幾乎不吃。

＿＿＿＿＿＿＿＿＿＿＿＿＿＿＿＿＿＿＿＿＿　不，（我）完全不吃。

A：＿＿＿＿＿＿＿＿＿＿＿＿＿＿＿＿＿＿＿＿　有點出乎意料耶。

＿＿＿＿＿＿＿＿＿＿＿＿＿＿＿＿＿＿＿＿＿　是喔。

話しましょうＡ

- 相手に聞いて、〇をつけてください。請詢問對方，把答案圈起來。

1. コンビニ 　　　　　　　（よく　時々　あまり　全然）
2. 紅茶（こうちゃ） 　　　（よく　時々　あまり　全然）
3. 病院（びょういん） 　　（よく　時々　あまり　全然）
4. 勉強（べんきょう） 　　（よく　時々　あまり　全然）
5. パン 　　　　　　　　　（よく　時々　あまり　全然）
6. コーヒー 　　　　　　　（よく　時々　あまり　全然）

- 自分の状況に合わせて、答えてください。請按照自己的狀況回答。

ポイント

頻率副詞，表示動作頻繁的程度。

よく	經常	～ます
時々（ときどき）	有時候	
あまり	幾乎不～	～ません
全然（ぜんぜん）	完全不～	

▰▰▰ 書きましょう（答え）

例 カレー

A： 劉さんはよくカレーを食べますか。　　劉先生（你）常吃咖哩嗎？

B： はい、よく食べます。　　　　　　　　對，（我）常吃。

　　 はい、時々食べます。　　　　　　　　對，（我）有時候吃。

　　 いいえ、あまり食べません。　　　　　不，（我）幾乎不吃。

　　 いいえ、全然食べません。　　　　　　不，（我）完全不吃。

A： ちょっと意外ですね。　　　　　　　　有點出乎意料耶。

　　 そうですか。　　　　　　　　　　　　是喔。

▰▰▰ 話しましょうB

• 自分の状況に合わせて、答えてください。請按照自己的狀況回答。

• 相手に聞いて、○をつけてください。請詢問對方，把答案圈起來。

　　7. 魚　　　　　　　（よく　時々　あまり　全然）
　　8. 料理　　　　　　（よく　時々　あまり　全然）
　　9. 図書館　　　　　（よく　時々　あまり　全然）
　　10.スポーツ　　　　（よく　時々　あまり　全然）
　　11.お酒　　　　　　（よく　時々　あまり　全然）
　　12.納豆　　　　　　（よく　時々　あまり　全然）

▰▰▰ やってみましょう

> 請填寫助詞，不需填入助詞處請打 ×。
>
> 1. コンビニ（　　）行きます。
> 2. パン（　　）食べます。
> 3. お酒（　　）飲みます。
> 4. 勉強（　　/　　）します。

書きましょう

例　昨日 デパート

A：_____

　　林小姐（妳）昨天去過百貨公司嗎？

B：_____　對，（我）去過。　⇒○

　　_____　不，（我）沒有去。　⇒×

例　明日 お酒

A：_____

　　林小姐（妳）明天會喝酒嗎？

B：_____　對，（我）會喝。　⇒○

　　_____　不，（我）不會喝。　⇒×

話しましょうA

- 相手に聞いて、○か×を書いてください。請詢問對方後，再打○或 ×。

　　1. 昨日 映画　　　　　　　（　）
　　2. あさって［会社 / 学校］（　）
　　3. 昨日 お酒　　　　　　　（　）
　　4. 明日 勉強　　　　　　　（　）
　　5. 今日 昼ごはん　　　　　（　）
　　6. 昨日 掃除　　　　　　　（　）

- 自分の状況に合わせて、答えてください。請按照自己的狀況回答。

ポイント

> 動詞句型
>
> 現在：〜ますか。　……はい、〜ます。 / いいえ、〜ません。
>
> 過去：〜ましたか。……はい、〜ました。 / いいえ、〜ません
> 　　　でした。

書きましょう（答え）

例 昨日 デパート

A： 林さんは昨日デパートへ行きましたか。

林小姐（妳）昨天去過百貨公司嗎？

B： はい、行きました。　　　　　　　對，（我）去過。　⇒○

　　いいえ、行きませんでした。　　不，（我）沒有去。⇒×

例 明日 お酒

A： 林さんは明日お酒を飲みますか。

林小姐（妳）明天會喝酒嗎？

B： はい、飲みます。　　　　　　　對，（我）會喝。　⇒○

　　いいえ、飲みません。　　　　　不，（我）不會喝。⇒×

話しましょうB

- 自分の状況に合わせて、答えてください。請按照自己的狀況回答。

- 相手に聞いて、○か×を書いてください。請詢問對方後，再打○或 ×。

　7. 昨日　コンビニ　　　（　）
　8. 今日　晩ごはん　　　（　）
　9. 昨日　勉強　　　　　（　）
　10.昨日　小説　　　　　（　）
　11.明日　病院　　　　　（　）
　12.おととい　コーヒー　（　）

やってみましょう

正確請打○，錯誤請打 ×。

例. 映画を ［（○）見ます　（×）読みます］。
1. 小説を ［（　）見ます　（　）読みます］。
2. 漫画を ［（　）見ます　（　）読みます］。
3. 雑誌を ［（　）見ます　（　）読みます］。

書きましょう

例 先週の木曜日

A：_____

林小姐上週四去了哪裡呢？

B：_____ 哪裡都沒去。

⇒ （会社　店　郵便局　病院　デパート　）

話しましょうA

- 時制に注意して、聞いてください。請詢問陳小姐的行程，注意是現在式還是過去式。

1. 陳さんは 明日　　（学校　銀行　図書館　病院　カフェ ⌇）
2. 陳さんは 昨日　　（学校　銀行　図書館　病院　カフェ ⌇）
3. 陳さんは おととい　（学校　銀行　図書館　病院　カフェ ⌇）
4. 陳さんは 来週の火曜日

　　　　　　　　　（学校　銀行　図書館　病院　カフェ ⌇）
5. 陳さんは 先週の土曜日

　　　　　　　　　（学校　銀行　図書館　病院　カフェ ⌇）

- 林さんのスケジュールを見て、答えてください。請看林小姐的行程回答。

林さんのスケジュール

日	月	火	水	木	金	土
		1 店	2 会社	3 ⌇	4 郵便局	5 会社
6 会社	7 郵便局	8 店	9 今日 会社	10 ⌇	11 病院	12 会社
13 会社	14 ⌇	15 デパート	16 会社	17 デパート	18 郵便局	19 会社

書きましょう（答え）

例 先週の木曜日

A： 林さんは先週の木曜日どこに行きましたか。

林小姐上週四去了哪裡呢？

B： どこにも行きませんでした。 哪裡都沒去。

⇒ （会社　店　郵便局　病院　デパート 💪）

話しましょうB

- 陳さんのスケジュールを見て、答えてください。請看陳小姐的行程回答。

陳さんのスケジュール

日	月	火	水	木	金	土
		1 カフェ	2 学校	3	4 学校	5 カフェ
6 💪	7 学校	8 図書館	9 今日 学校	10 病院	11 学校	12 カフェ
13 銀行	14 学校	15 💪	16 学校	17 病院	18 学校	19 図書館

- 時制に注意して、聞いてください。請詢問林小姐的行程，注意是現在式還是過去式。

6. 林さんは 明日 　　（会社 店 郵便局 病院 デパート 💪）

7. 林さんは 昨日 　　（会社 店 郵便局 病院 デパート 💪）

8. 林さんは あさって 　（会社 店 郵便局 病院 デパート 💪）

9. 林さんは 先週の金曜日

（会社 店 郵便局 病院 デパート 💪）

10.林さんは 来週の土曜日

（会社 店 郵便局 病院 デパート 💪）

書きましょう

例 台湾語（たいわんご）

A : _____　　楊先生（你）會台語嗎？

B : _____　　是的，還滿厲害的。

　　_____　　是的，沒問題。

　　_____　　是的，大致了解。

　　_____　　是的，會一點。

　　_____　　不，不太會。

　　_____　　不，完全不會。

話しましょうA

- 相手に聞いて、〇をつけてください。請詢問對方，把答案圈起來。

  1. 日本語（にほんご）　　（よく　大丈夫　だいたい　少し　あまり　全然）
  2. カタカナ　　　　　　（よく　大丈夫　だいたい　少し　あまり　全然）
  3. 私の気持ち（わたし　きも）　（よく　大丈夫　だいたい　少し　あまり　全然）
  4. 澎湖の行き方（ほうこ　い　かた）　（よく　大丈夫　だいたい　少し　あまり　全然）
  5. LINE の使い方（つか　かた）　（よく　大丈夫　だいたい　少し　あまり　全然）

- 自分の状況に合わせて、答えてください。請按照自己的狀況回答。

ポイント

よく分（わ）かります	非常懂
だいたい分（わ）かります	大概懂
少（すこ）し分（わ）かります	有點懂
あまり分（わ）かりません	不太懂
全然分（ぜんぜん　わ）かりません	完全不懂

書きましょう（答え）

例 台湾語

A： 楊さんは台湾語が分かりますか。　楊先生（你）會台語嗎？

B： はい、よく分かります。　是的，還滿厲害的。

　　 はい、大丈夫です。　是的，沒問題。

　　 はい、だいたい分かります。　是的，大致了解。

　　 はい、少し分かります。　是的，會一點。

　　 いいえ、あまり分かりません。　不，不太會。

　　 いいえ、全然分かりません。　不，完全不會。

話しましょうB

- 自分の状況に合わせて、答えてください。請按照自己的狀況回答。

- 相手に聞いて、○をつけてください。請詢問對方，把答案圈起來。

　　 6. 英語　　　　　（よく　大丈夫　だいたい　少し　あまり　全然）
　　 7. 韓国語　　　　（よく　大丈夫　だいたい　少し　あまり　全然）
　　 8. ひらがな　　　（よく　大丈夫　だいたい　少し　あまり　全然）
　　 9. 納豆の食べ方　（よく　大丈夫　だいたい　少し　あまり　全然）
　　 10.カレーの作り方　（よく　大丈夫　だいたい　少し　あまり　全然）

ポイント

（動詞ます形）＋方　　　食べます＋方

食べ方（吃法）　行き方（去的方法）　飲み方（喝法）

使い方（使用方法）

10 いいえ、忙しくないです。不，不忙。

書きましょう

例 最近 暇

A : _____ 最近很閒嗎？

B : _____ 不，不閒。

例 勉強 楽しい

A : _____ 念書很快樂嗎？

B : _____ 不，不快樂。

話しましょうA

- 相手に聞いてください。請詢問對方。

  1. 授業 難しい
  2. テスト 簡単
  3. 日本語の勉強 楽しい
  4. 仕事 大変
  5. 今週 忙しい
  6. 最近 暇
  7. ～さんの部屋 きれい
  8. あのドラマ おもしろい

- 全部「いいえ、～」と答えてください。請全部以「いいえ、～」形式回答。

ポイント

	現在肯定	現在否定
い形容詞	難しいです。	難しくないです。
名詞・な形容詞	簡単です。	簡単じゃありません。

書きましょう（答え）

例 最近 暇

A：　最近は暇ですか。　　　　　　　　　最近很閒嗎？

B：　いいえ、暇じゃありません。　　　不，不閒。

例 勉強 楽しい

A：　勉強は楽しいですか。　　　　　　　念書很快樂嗎？

B：　いいえ、楽しくないです。　　　　不，不快樂。

話しましょうB

- 全部「いいえ、〜」と答えてください。請全部以「いいえ、〜」形式回答。

- 相手に聞いてください。請詢問對方。

　　9. 日本語の勉強 大変

　　10. 今週 暇

　　11. 仕事 楽しい

　　12. 試験 難しい

　　13. 〜さんの部屋 きれい

　　14. 授業 簡単

　　15. 最近 忙しい

　　16. その映画 おもしろい

やってみましょう

是な形容詞還是い形容詞？

（な）簡単　　　（い）難しい　　　（　）きれい

（　）汚い（髒）　　（　）有名　　　（　）好き（喜歡）

（　）嫌い（討厭）　　（　）おいしい　　（　）得意（拿手、擅長）

書きましょう

例 スポーツ

A : _____ 許小姐（妳）喜歡運動嗎？

B : _____ 是的，喜歡。

_____ 還算喜歡。

_____ 是的，不討厭。

_____ 不，不太喜歡。

_____ 不，很討厭。

話しましょうA

- 相手に聞いて、○をつけてください。請將對方的答案圈起來。

1. お酒^{さけ}

（好き　まあまあ好き　嫌いじゃない　あまり好きじゃない　嫌い）

2. 図書館^{としょかん}

（好き　まあまあ好き　嫌いじゃない　あまり好きじゃない　嫌い）

3. 勉強^{べんきょう}

（好き　まあまあ好き　嫌いじゃない　あまり好きじゃない　嫌い）

4. 納豆^{なっとう}

（好き　まあまあ好き　嫌いじゃない　あまり好きじゃない　嫌い）

5. コーラ

（好き　まあまあ好き　嫌いじゃない　あまり好きじゃない　嫌い）

6. 漫画^{まんが}

（好き　まあまあ好き　嫌いじゃない　あまり好きじゃない　嫌い）

- 自分の状況に合わせて、答えてください。請按照自己的狀況回答。

書きましょう（答え）

例 スポーツ

A： 許さんはスポーツが好きですか。　　許小姐（妳）喜歡運動嗎？

B： はい、好きです。　　是的，喜歡。

　　まあまあ好きです。　　還算喜歡。

　　はい、嫌いじゃありません。　　是的，不討厭。

　　いいえ、あまり好きじゃありません。　不，不太喜歡。

　　いいえ、嫌いです。　　不，很討厭。

話しましょうB

- 自分の状況に合わせて、答えてください。請按照自己的狀況回答。

- 相手に聞いて、○をつけてください。請將對方的答案圈起來。

　　7. 小説^{しょうせつ}

　　　（好き　まあまあ好き　嫌いじゃない　あまり好きじゃない　嫌い）

　　8. 旅行^{りょこう}

　　　（好き　まあまあ好き　嫌いじゃない　あまり好きじゃない　嫌い）

　　9. 野球^{やきゅう}

　　　（好き　まあまあ好き　嫌いじゃない　あまり好きじゃない　嫌い）

　　10.和菓子^{わがし}

　　　（好き　まあまあ好き　嫌いじゃない　あまり好きじゃない　嫌い）

　　11.コーヒー

　　　（好き　まあまあ好き　嫌いじゃない　あまり好きじゃない　嫌い）

　　12.インドの映画^{えいが}

　　　（好き　まあまあ好き　嫌いじゃない　あまり好きじゃない　嫌い）

12 得意ですか。拿手嗎？/ 擅長嗎？

書きましょう

例 スポーツ

A :＿＿＿＿＿＿＿＿＿＿＿＿＿＿＿＿＿＿＿ 鄭小姐（妳）運動擅長嗎？

B :＿＿＿＿＿＿＿＿＿＿＿＿＿＿＿＿＿＿＿ 是的，非常擅長。

＿＿＿＿＿＿＿＿＿＿＿＿＿＿＿＿＿＿＿ 是的，還算可以。

＿＿＿＿＿＿＿＿＿＿＿＿＿＿＿＿＿＿＿ 不，不太擅長。

＿＿＿＿＿＿＿＿＿＿＿＿＿＿＿＿＿＿＿ 不，非常不擅長。

話しましょうA

- 相手に聞いて、○をつけてください。請將對方的答案圈起來。

1. 絵　　　　（とても得意　まあまあ得意　あまり得意じゃない　苦手）
2. 英語　　　（とても得意　まあまあ得意　あまり得意じゃない　苦手）
3. テニス　　（とても得意　まあまあ得意　あまり得意じゃない　苦手）
4. カラオケ　（とても得意　まあまあ得意　あまり得意じゃない　苦手）
5. スポーツ　（とても得意　まあまあ得意　あまり得意じゃない　苦手）

- 自分の状況に合わせて、答えてください。請按照自己的狀況回答。

ポイント

上手：具有絕佳的能力

下手：僅有一點能力

得意：非常習慣、具有自信（得意＝上手＋好き）

苦手：不想做或無法順利完成（苦手＝下手＋嫌い）

書きましょう（答え）

例 スポーツ

A： <u>鄭さんはスポーツが得意ですか。</u>　　鄭小姐(妳)運動擅長嗎？

B： <u>はい、とても得意です。</u>　　是的，非常擅長。

<u>はい、まあまあ得意です。</u>　　是的，還算可以。

<u>いいえ、あまり得意じゃありません。</u>　不，不太擅長。

<u>いいえ、苦手です。</u>　　不，非常不擅長。

話しましょうB

- 自分の状況に合わせて、答えてください。請按照自己的狀況回答。

- 相手に聞いて、○をつけてください。請將對方的答案圈起來。

6. 掃除　　（とても得意　まあまあ得意　あまり得意じゃない　苦手）

7. 料理　　（とても得意　まあまあ得意　あまり得意じゃない　苦手）

8. 日本語　（とても得意　まあまあ得意　あまり得意じゃない　苦手）

9. ゲーム　（とても得意　まあまあ得意　あまり得意じゃない　苦手）

10. スピーチ（とても得意　まあまあ得意　あまり得意じゃない　苦手）

やってみましょう

適合的答案請打○，不適合的答案請打 ×。

例. 林さんはテニスが ［（○）上手です　（○）得意です］。

1. 私はカラオケが ［（　）上手です　（　）得意です］。

2. 私は絵が ［（　）下手です　（　）苦手です］。

3. 私は林さんが ［（　）上手です　（　）得意です］。

4. 私は鈴木さんが ［（　）下手です　（　）苦手です］。

書きましょう

例 真面目 男性

A：_____

謝小姐（妳）喜歡認真的男生嗎？

B：_____ 是的，喜歡。

_____ 是的，不討厭。

_____ 不，不太喜歡。

話しましょうA

- 相手に聞いて、○をつけてください。請將對方的答案圈起來。

　　1. おもしろい　女性（好き　嫌いじゃない　あまり好きじゃない）
　　2. 真面目　　　人　（好き　嫌いじゃない　あまり好きじゃない）
　　3. 静か　　　　男性（好き　嫌いじゃない　あまり好きじゃない）
　　4. 頭がいい　　男性（好き　嫌いじゃない　あまり好きじゃない）
　　5. かっこいい　女性（好き　嫌いじゃない　あまり好きじゃない）

- 自分の状況に合わせて、答えてください。請按照自己的狀況回答。

ポイント

病気の人	（名詞）＋の＋（名詞）
元気な人	（な形容詞）＋な＋（名詞）
おもしろい人	（い形容詞）い＋（名詞）

書きましょう（答え）

例 真面目 男性

A： 謝さんは真面目な男性が好きですか。

謝小姐（妳）喜歡認真的男生嗎？

B： はい、好きです。 是的，喜歡。

はい、嫌いじゃありません。 是的，不討厭。

いいえ、あまり好きじゃありません。 不，不太喜歡。

話しましょうB

- 自分の状況に合わせて、答えてください。請按照自己的狀況回答。

- 相手に聞いて、〇をつけてください。請將對方的答案圈起來。

6. 元気 女性 （好き 嫌いじゃない あまり好きじゃない）
7. 優しい 人 （好き 嫌いじゃない あまり好きじゃない）
8. きれい 男性 （好き 嫌いじゃない あまり好きじゃない）
9. 料理が得意 男性 （好き 嫌いじゃない あまり好きじゃない）
10.かわいい 人 （好き 嫌いじゃない あまり好きじゃない）

やってみましょう

填入助詞，不須填入助詞請打 ✕。

1. これは私（　　　）傘です。
2. 私は嫌い（　　　）食べ物はありません。
3. 鈴木さんは静かじゃない（　　　）人です。
4. 王さんは優しくない（　　　）人です。

書きましょう

例 日本語の勉強 ⇒（よく 時々 あまり 全然）（大変）

A：_____

洪小姐（妳）常唸日文嗎？

B：_____ 是的，有時候會。

A：_____ 學日文覺得如何？

B：_____ 非常辛苦。

例 日本のドラマ ⇒（よく 時々 あまり 全然）（ ）

A：_____

洪小姐（妳）常看日劇嗎？

B：_____ 不，不太看。

A：_____ 是喔。

話しましょうA

- 相手の習慣について聞いてください。それから、その感想を聞いてください。
  請詢問對方的習慣，接著請詢問其感想。

  1. 運動　　　　（よく 時々 あまり 全然）（　　　　　）
  2. 東京　　　　（よく 時々 あまり 全然）（　　　　　）
  3. たこ焼き　　（よく 時々 あまり 全然）（　　　　　）
  4. 台湾ビール　（よく 時々 あまり 全然）（　　　　　）
  5. 日本の映画　（よく 時々 あまり 全然）（　　　　　）
  6. 近くの公園　（よく 時々 あまり 全然）（　　　　　）

- 自分の状況に合わせて、答えてください。請按照自己的狀況回答。

参考単語・表現

いい⇔よくない　　難しい⇔簡単　　楽しい⇔大変

おもしろい⇔つまらない　おいしい⇔まずい　まあまあ

ポイント

～はどうですか。　～是怎麼樣？

■■■ 書きましょう（答え）

例 日本語の勉強　⇒（よく ⓣ時々 あまり 全然）（大変）

A：　洪さんはよく日本語の勉強をしますか。

洪小姐（妳）常唸日文嗎？

B：　はい、時々します。　　　　　　　　是的，有時候會。

A：　日本語の勉強はどうですか。　　　　學日文覺得如何？

B：　とても大変です。　　　　　　　　　非常辛苦。

例 日本のドラマ　⇒（よく 時々 ⓐあまり 全然）（　　）

A：　洪さんはよく日本のドラマを見ますか。

洪小姐（妳）常看日劇嗎？

B：　いいえ、あまり見ません。　　　　　不，不太看。

A：　そうですか。　　　　　　　　　　　是喔。

■■■ 話しましょうB

- 自分の状況に合わせて、答えてください。請按照自己的狀況回答。

- 相手の習慣について聞いてください。それから、その感想を聞いてください。
  請詢問對方的習慣，接著請詢問其感想。

　　7．旅行　　　　　　（よく 時々 あまり 全然）（　　　　）
　　8．日本の漫画　　　（よく 時々 あまり 全然）（　　　　）
　　9．「ほろよい」　　 （よく 時々 あまり 全然）（　　　　）
　10．日本のドラマ　　（よく 時々 あまり 全然）（　　　　）
　11．日本のお菓子　　（よく 時々 あまり 全然）（　　　　）
　12．近くの図書館　　（よく 時々 あまり 全然）（　　　　）

■■■ 参考単語・表現

いい⇔よくない	難しい⇔簡単	楽しい⇔大変
おもしろい⇔つまらない	おいしい⇔まずい	まあまあ

書きましょう

例 昨日 暑い

A：_____ 昨天很熱嗎？

B：_____ 不，沒那麼熱。

例 昨日の仕事 大変

A：_____ 昨天的工作辛苦嗎？

B：_____

　　　　不，沒那麼辛苦。

話しましょうA

- 相手に聞いてください。請詢問對方。

　1. 昨日 忙しい
　2. 先週のテスト 簡単
　3. 昨日 寒い
　4. 昨日のドラマ おもしろい
　5. 昨日の宿題 大変
　6. 昨日 暖かい
　7. 昨日のすし おいしい
　8. 元カノ きれい

- 全部「いいえ、そんなに〜」と答えてください。請全部以「いいえ、そんなに〜」形式回答。

ポイント

		現在	過去
い形容詞	肯定	忙しいです。	忙しかったです。
	否定	忙しくないです。	忙しくなかったです。
名詞・な形容詞	肯定	暇です。	暇でした。
	否定	暇じゃありません。	暇じゃありませんでした。

書きましょう（答え）

例 昨日 暑い

A： 昨日は暑かったですか。　　　　　　昨天很熱嗎？

B： いいえ、そんなに暑くなかったです。　不，沒那麼熱。

例 昨日の仕事 大変

A： 昨日の仕事は大変でしたか。　　　　昨天的工作辛苦嗎？

B： いいえ、そんなに大変じゃありませんでした。
不，沒那麼辛苦。

話しましょうB

- 全部「いいえ、そんなに～」と答えてください。請全部以「いいえ、そんなに～」形式回答。

- 相手に聞いてください。請詢問對方。

　9. 昨日 暇
　10.昨日 涼しい
　11.昨日 暑い
　12.先週の宿題 簡単
　13.今日の朝ごはん おいしい
　14.昨日の映画 おもしろい
　15.昨日の仕事 大変
　16.先週の授業 難しい

やってみましょう

正確的是a還是b？
1. 去年日本に行きました。富士山を見ました。
　富士山は [a きれいです　b きれいでした]。
2. 去年日本に行きました。ぬいぐるみを買いました。
　そのぬいぐるみは [a かわいいです　b かわいかったです]。

書きましょう

例 今朝、朝ごはん ⇒（おいしくなかったです）

A：＿＿＿＿＿＿＿＿＿＿＿＿＿＿＿＿＿＿＿＿

　　郭小姐（妳）今天早上吃了早餐嗎？

B：＿＿＿＿＿＿＿＿＿＿＿＿＿＿＿＿ 對，我吃了。

A：＿＿＿＿＿＿＿＿＿＿＿＿＿＿＿＿ 如何呢？

B：＿＿＿＿＿＿＿＿＿＿＿＿＿＿＿＿ 不太好吃。

例 最近、お酒 ⇒（　　　×　　　）

A：＿＿＿＿＿＿＿＿＿＿＿＿＿＿＿＿＿＿＿＿

　　郭先生，（你）最近喝酒了嗎？

B：＿＿＿＿＿＿＿＿＿＿＿＿＿＿＿＿ 不，最近不喝。

話しましょうA

- 過去のこととその感想を聞いてください。請詢問後，並問其感想。

　　　1. 昨日、晩ごはん 　　　（　　　　　　）
　　　2. 最近、小説 　　　　　（　　　　　　）
　　　3. 最近、映画 　　　　　（　　　　　　）
　　　4. 最近、料理 　　　　　（　　　　　　）
　　　5. 最近、ゲーム 　　　　（　　　　　　）
　　　6. 最近、コンサートに 　（　　　　　　）

- 自分の状況に合わせて、答えてください。請按照自己的狀況回答。

参考単語・表現

おいしい⇔まずい	おもしろい⇔つまらない	難しい⇔簡単
楽しい⇔大変	忙しい⇔ひま	いい⇔よくない
普通　まあまあ　すごい　素敵		

16 どうでしたか。如何呢？ B

書きましょう（答え）

例 今朝、朝ごはん　⇒（おいしくなかったです）

A：　郭さんは今朝、朝ごはんを食べましたか。

郭小姐（妳）今天早上吃了早餐嗎？

B：　はい、食べました。　　　　　　　對，我吃了。

A：　どうでしたか。　　　　　　　　　如何呢？

B：　あまりおいしくなかったです。　　不太好吃。

例 最近、お酒　　⇒（　　×　　）

A：　郭さんは最近、お酒を飲みましたか。

郭先生，（你）最近喝酒了嗎？

B：　いいえ、最近は飲みません。　　不，最近不喝。

話しましょうB

- 自分の状況に合わせて、答えてください。請按照自己的狀況回答。
- 過去のこととその感想を聞いてください。請詢問後，並問其感想。

7. 最近、日本料理　　　（　　　　　）
8. 昨日、宿題　　　　　（　　　　　）
9. 最近、お酒　　　　　（　　　　　）
10. 最近、買い物　　　　（　　　　　）
11. 最近、旅行　　　　　（　　　　　）
12. 最近、レストランに　（　　　　　）

参考単語・表現

おいしい⇔まずい　おもしろい⇔つまらない　難しい⇔簡単

楽しい⇔大変　忙しい⇔ひま　いい⇔よくない

普通　まあまあ　すごい　素敵

書きましょう

例 本屋 ((am)/pm 10:00)～(am/(pm) 11:00)(月火水木金土日)

A: _____ 書店從幾點到幾點呢？

B: _____ 從早上 10 點到晚上 11 點。

A: _____ 休息日是星期幾呢？

B: _____ 沒有休息日。

話しましょうA

- 1～4は営業時間と休みを聞いて書いてください。5～8は質問に答えてください。

  1-4 題，請詢問對方營業時間跟休息日，並寫下來。5-8 題，請回答對方的提問。

  1. 図書館 　　　(am/pm ：)～(am/pm ：)(月火水木金土日)
  2. 銀行 　　　　(am/pm ：)～(am/pm ：)(月火水木金土日)
  3. デパート 　　(am/pm ：)～(am/pm ：)(月火水木金土日)
  4. 郵便局のATM (am/pm ：)～(am/pm ：)(月火水木金土日)
  5. 病院 　　　　午前 8:30 ～午後 6:00 　　木
  6. スーパー 　　午前 9:30 ～午後8:30 　　月
  7. 郵便局 　　　朝 10:00 ～夕方 5:00 　　土日
  8. 銀行のATM 　朝 7:30 ～夜 11:00 　　×

参考単語・表現

時間：1 時	2 時	3 時	4 時	5 時	6 時
7 時 ～半	8 時	9 時	10 時	11 時	12 時

曜日：月　火　水　木　金　土　日
　　　午前　午後　朝　昼　夕方　夜

書きましょう（答え）

例 本屋 （(am)/pm 10:00）～（am/(pm)) 11:00）（月火水木金土日）

A： 本屋は何時から何時までですか。　書店從幾點到幾點呢？

B： 朝 10 時から夜 11 時までです。　從早上 10 點到晚上 11 點。

A： 休みは何曜日ですか。　休息日是星期幾呢？

B： 休みはありません。　沒有休息日。

話しましょうB

- 1～4は質問に答えてください。5～8は営業時間と休みを聞いて書いてください。

  1-4 題，請回答對方的提問。5-8 題，請詢問對方營業時間跟休息日，並寫下來。

  1. 図書館　　　　　朝 7:30 ～夜 10:00　　　　　水
  2. 銀行　　　　　　午前 9:00 ～午後 4:00　　　　土日
  3. デパート　　　　朝 10:00 ～夜 7:30　　　　　火
  4. 郵便局の ATM　 午前 8:00 ～午後 11:00　　　×
  5. 病院　　　　　（am/pm 　：　）～（am/pm 　：　）（月火水木金土日）
  6. スーパー　　　（am/pm 　：　）～（am/pm 　：　）（月火水木金土日）
  7. 郵便局　　　　（am/pm 　：　）～（am/pm 　：　）（月火水木金土日）
  8. 銀行の ATM　（am/pm 　：　）～（am/pm 　：　）（月火水木金土日）

参考単語・表現

時間：1 時　　2 時　　3 時　　4 時　　5 時　　6 時
　　　7 時　　8 時　　9 時　　10 時　　11 時　　12 時
　　　～半

曜日：月　火　水　木　金　土　日
　　　午前　午後　朝　昼　夕方　夜

じゅうく にち　なんよう び

書きましょう

例 9月1日（月火水木金土日）⇒（月火水㊍金土日）

A：＿＿＿＿＿＿＿＿＿＿＿＿＿＿＿＿＿＿＿　9月1日是星期幾呢？

B：＿＿＿＿＿＿＿＿＿＿＿＿＿＿＿＿＿＿＿　9月1日是星期四。

9 月

日	月	火	水	木	金	土
28	29	30	31	1	2	3
4	5	6	7	8	9	10
11	12	13	14	15	16	17
18	19	20	21	22	23	24
25	26	27	28	29	30	

話しましょうA

- 次の日付の曜日を聞いて、〇をつけてください。請詢問對方下列日期是星期幾，並把對方的回答圈起來。

　　1. 9月7日　　　　　　　（月火水木金土日）

　　2. 9月5日　　　　　　　（月火水木金土日）

　　3. 9月29日　　　　　　 （月火水木金土日）

　　4. 9月9日　　　　　　　（月火水木金土日）

　　5. 9月24日　　　　　　 （月火水木金土日）

　　6. 9月18日　　　　　　 （月火水木金土日）

- 聞かれた日の曜日を答えてください。請回答被詢問的日期是星期幾。

参考単語・表現

ついたち 1日	ふつか 2日	みっか 3日	よっか 4日	いつか 5日
むいか 6日	なのか 7日	ようか 8日	ここのか 9日	とおか 10日

書きましょう（答え）

例 ９月１日（月火水木金土日）⇒（月火水㊍金土日）

A： ９月１日は何曜日ですか。 9月1日是星期幾呢？

B： ９月１日は木曜日です。 9月1日是星期四。

９月

日	月	火	水	木	金	土
28	29	30	31	1	2	3
4	5	6	7	8	9	10
11	12	13	14	15	16	17
18	19	20	21	22	23	24
25	26	27	28	29	30	

話しましょうＢ

- 聞かれた日の曜日を答えてください。請回答被詢問的日期是星期幾。

- 次の日付の曜日を聞いて、〇をつけてください。請詢問對方下列日期是星期幾，並把對方的回答圈起來。

> 7．９月２日 （月火水木金土日）
>
> 8．９月８日 （月火水木金土日）
>
> 9．９月４日 （月火水木金土日）
>
> 10.９月28日 （月火水木金土日）
>
> 11.９月６日 （月火水木金土日）
>
> 12.９月10日 （月火水木金土日）

参考単語・表現

ついたち １日	ふつか ２日	みっか ３日	よっか ４日	いつか ５日
むいか ６日	なのか ７日	ようか ８日	ここのか ９日	とおか 10日

書きましょう

例 今朝^{けさ}、何^{なに}を(食^たべます)

A : _____ 今天早上吃了什麼呢？

B : _____ 我什麼都沒吃。

話しましょうA

- 時態に注意して、聞いてください。請互相詢問，並注意是現在式還是過去式。

   1. 今朝^{けさ}、何^{なに}を(飲^のみます)
   2. 昨日^{きのう}の晩^{ばん}、何^{なに}を(食^たべます)
   3. 明日^{あした}、何^{なに}を(作^{つく}ります)
   4. 昨日^{きのう}、何^{なに}を(買^かいます)
   5. 明日^{あした}、何^{なに}を(します)

- すべて「何も～(否定)」と答えてください。請全部以「何も～(否定)」形式回答。

ポイント

> 「什麼都不～」等的表達方式如下：
>
> 疑問詞＋も＋(否定形)　何^{なに}もしませんでした。(什麼都沒做。)
> 　　　　　　　　　　　何^{なに}も買^かいません。(什麼都不買。)

書きましょう（答え）

例 今朝、何を（食べます）

A：　今朝、何を食べましたか。　　　　　　　今天早上吃了什麼呢？

B：　何も食べませんでした。　　　　　　　　我什麼都沒吃。

話しましょう B

- すべて「何も〜（否定）」と答えてください。請全部以「何も〜（否定）」形式回答。

- 時態に注意して、聞いてください。請互相詢問，並注意是現在式還是過去式。

  6. 今朝、何を（食べます）
  7. 昨日の晩、何を（飲みます）
  8. 今晩、何を（買います）
  9. 昨日、何を（作ります）
  10. 昨日、何を（します）

やってみましょう

> 正確請打○，錯誤請打 ×。
>
> 1. [（　）何も　　（　）どこも　　（　）全然] 食べませんでした。
> 2. [（　）何も　　（　）どこも　　（　）全然] 行きませんでした。
> 3. [（　）何も　　（　）どこも　　（　）全然] 寝ませんでした。

■■■ 書きましょう

例 昨日<ruby>きのう</ruby>、何<ruby>なに</ruby>を（買<ruby>か</ruby>います） ⇒（ジュース） ⇒（ × ）

A : _____

　　曾先生（你）昨天買了什麼呢？

B : _____　　我買果汁了。

　　_____　　我什麼都沒買。

■■■ 話しましょうA

- 時態<ruby>じたい</ruby>に注意<ruby>ちゅうい</ruby>して、聞<ruby>き</ruby>いてください。請互相詢問，並注意是現在式還是過去式。

1. 毎朝<ruby>まいあさ</ruby>、	何<ruby>なに</ruby>を（食<ruby>た</ruby>べます）	（	）
2. 今朝<ruby>けさ</ruby>	何<ruby>なに</ruby>を（飲<ruby>の</ruby>みます）	（	）
3. 昨日<ruby>きのう</ruby>	何<ruby>なに</ruby>を（買<ruby>か</ruby>います）	（	）
4. 昨日<ruby>きのう</ruby>	何<ruby>なに</ruby>を（勉強<ruby>べんきょう</ruby>します）	（	）
5. 昨日<ruby>きのう</ruby>の晩<ruby>ばん</ruby>	何<ruby>なん</ruby>の料理<ruby>りょうり</ruby>を（作<ruby>つく</ruby>ります）	（	）
6. 先週<ruby>せんしゅう</ruby>	何<ruby>なん</ruby>の本<ruby>ほん</ruby>を（読<ruby>よ</ruby>みます）	（	）
7. 明日<ruby>あした</ruby>	何<ruby>なに</ruby>を（します）	（	）

- 自分<ruby>じぶん</ruby>の状況<ruby>じょうきょう</ruby>に合<ruby>あ</ruby>わせて、答<ruby>こた</ruby>えてください。請按照自己的狀況回答。

■■■ 参考単語・表現

> いろいろな物<ruby>もの</ruby>（各式各樣的東西）
>
> いろいろな〜（各式各樣的〜）
>
> AかB（A或B）　　〜など（等）

◤◢ 書きましょう（答え）

例 昨日、何を（買います）⇒（ジュース）　⇒（×）

A：　曽さんは昨日、何を買いましたか。

曽先生（你）昨天買了什麼呢？

B：　ジュースを買いました。　　　　　　　　　我買果汁了。

何も買いませんでした。　　　　　　　我什麼都沒買。

◤◢ 話しましょうB

- 自分の状況に合わせて、答えてください。請按照自己的狀況回答。

- 時態に注意して、聞いてください。請互相詢問，並注意是現在式還是過去式。

8.　今朝	何を（買います）	（	）
9.　昨日	何を（食べます）	（	）
10.毎朝	何を（飲みます）	（	）
11.昨日	何の料理を（作ります）	（	）
12.明日	何を（勉強します）	（	）
13.昨日	何の雑誌を（読みます）	（	）
14.先週の日曜日	何を（します）	（	）

◤◢ 参考単語・表現

いろいろな物（各式各樣的東西）

いろいろな～（各式各樣的～）

AかB（A或B）　　～など（等）

書きましょう

例 <ruby>昨日<rt>きのう</rt></ruby>（<ruby>寝<rt>ね</rt></ruby>ます）⇒（11:00）

A：＿＿＿＿＿＿＿＿＿＿＿＿＿＿＿＿＿＿＿

　　邱先生（你）昨天幾點睡覺呢？

B：＿＿＿＿＿＿＿＿＿＿＿＿＿＿＿　11 點左右睡覺。

A：＿＿＿＿＿＿＿＿＿＿＿＿＿＿＿　好早喔！

　　＿＿＿＿＿＿＿＿＿＿＿＿＿＿＿　好晚喔！

　　＿＿＿＿＿＿＿＿＿＿＿＿＿＿＿　是喔！

話しましょうA

- 時態に注意して、聞いてください。請互相詢問，並注意是現在式還是過去式。

　　1. <ruby>今日<rt>きょう</rt></ruby>、<ruby>何時<rt>なんじ</rt></ruby>に（<ruby>起<rt>お</rt></ruby>きます）　　　　（　：　）
　　2. <ruby>今日<rt>きょう</rt></ruby>、<ruby>何時<rt>なんじ</rt></ruby>に ここに（<ruby>来<rt>き</rt></ruby>ます）　（　：　）
　　3. <ruby>明日<rt>あした</rt></ruby>、<ruby>何時<rt>なんじ</rt></ruby>に <ruby>朝<rt>あさ</rt></ruby>ごはんを（<ruby>食<rt>た</rt></ruby>べます）　（　：　）
　　4. <ruby>昨日<rt>きのう</rt></ruby>、<ruby>何時<rt>なんじ</rt></ruby>に <ruby>家<rt>うち</rt></ruby>に（<ruby>帰<rt>かえ</rt></ruby>ります）　（　：　）
　　5. <ruby>毎週日曜日<rt>まいしゅうにちようび</rt></ruby>、<ruby>何時<rt>なんじ</rt></ruby>に（<ruby>寝<rt>ね</rt></ruby>ます）　（　：　）

- <ruby>自分<rt>じぶん</rt></ruby>の<ruby>状況<rt>じょうきょう</rt></ruby>に<ruby>合<rt>あ</rt></ruby>わせて、<ruby>答<rt>こた</rt></ruby>えてください。請按照自己的狀況回答。

ポイント

> 表示時間的名詞，有的需要加「に」，有的則不需要。
> <ruby>数字<rt>すうじ</rt></ruby>の<ruby>時間<rt>じかん</rt></ruby>＋に、～：11<ruby>時<rt>じ</rt></ruby>に　<ruby>3日<rt>みっか</rt></ruby>に　2000<ruby>年<rt>ねん</rt></ruby>に　※<ruby>誕生日<rt>たんじょうび</rt></ruby>に
> <ruby>文字<rt>もじ</rt></ruby>の<ruby>時間<rt>じかん</rt></ruby>、～　：<ruby>昨日<rt>きのう</rt></ruby>、　<ruby>毎日<rt>まいにち</rt></ruby>、　<ruby>来週<rt>らいしゅう</rt></ruby>、
> ※<ruby>例外<rt>れいがい</rt></ruby>　クリスマスに　お<ruby>正月<rt>しょうがつ</rt></ruby>に（可以換成明確數字的時間就要加に）

書きましょう（答え）

例 昨日 （寝ます） ⇒ （11:00）

A： 邱さんは昨日何時に寝ましたか。

邱先生（你）昨天幾點睡覺呢？

B： 11時くらいに寝ました。　　　　　11點左右睡覺。

A： 早いですね。　　　　　　　　　　好早喔！

遅いですね。　　　　　　　　　　好晚喔！

そうですか。　　　　　　　　　　是喔！

話しましょう B

- 自分の状況に合わせて、答えてください。請按照自己的狀況回答。

- 時態に注意して、聞いてください。請互相詢問，並注意是現在式還是過去式。

6. 今日、何時に （寝ます）　　　　　（　：　）
7. 昨日、何時に 晩ごはんを（食べます）（　：　）
8. 昨日、何時に 家に（帰ります）　　（　：　）
9. 今日、何時に ここに（来ます）　　（　：　）
10. いつも、何時に （起きます）　　　（　：　）

やってみましょう

正確請打○，錯誤請打 ×。

例．昨日、［（×）3時　（○）3時に］寝ました。
1. ［（　）来週　（　）来週に］日本に行きます。
2. ［（　）昨日の3時　（　）昨日の3時に］台湾に来ました。
3. ［（　）水曜日　（　）水曜日に］日本に行きます。

書きましょう

例　よく　コーヒー　⇒（○）（カフェ　　）

A：_____廖先生（你）常喝咖啡嗎？

B：_____是的，有時候會喝。

A：_____都在哪裡喝呢？

B：_____在咖啡廳或自己家裡喝。

例　昨日　映画　⇒（×）（　　　　　）

A：_____廖先生（你）昨天看電影了嗎？

B：_____不，沒看。

話しましょうＡ

- 時態に注意して、聞いてください。請互相詢問，並注意是現在式還是過去式。

```
1. よく      音楽      (   )(        )
2. 今朝      新聞      (   )(        )
3. 昨日      日本語    (   )(        )
4. よく      映画      (   )(        )
5. 昨日      朝ごはん  (   )(        )
6. よく      お酒      (   )(        )
```

- 自分の状況に合わせて、答えてください。請按照自己的狀況回答。

参考単語・表現

いろいろな所（各式各樣的地方）　自分の家　学校　公園　寮（宿舍）
居酒屋　映画館（電影院）　スーパー（超市）　朝ごはんの店（早餐店）　コンビニ（便利商店）　カフェ（咖啡廳）　スポーツクラブ（運動倶樂部）

ポイント

（動作の場所）で　［食べます／飲みます／見ます／寝ます等］
（存在の場所）に　［あります／います］

書きましょう（答え）

例 よく コーヒー ⇒（○）（カフェ　　）

A：　廖さんはよくコーヒーを飲みますか。

　　　廖先生（你）常喝咖啡嗎？

B：　はい、時々飲みます。　　　　　　　是的，有時候會喝。

A：　どこで飲みますか。　　　　　　　　都在哪裡喝呢？

B：　カフェとか自分の家で飲みます。　在咖啡廳或自己家裡喝。

例 昨日 映画　⇒（×）（　　　　　）

A：　廖さんは昨日映画を見ましたか。　廖先生（你）昨天看電影了嗎？

B：　いいえ、見ませんでした。　　　　不，沒看。

話しましょうB

- 自分の状況に合わせて、答えてください。請按照自己的狀況回答。

- 時態に注意して、聞いてください。請互相詢問，並注意是現在式還是過去式。

7. よく　　スポーツ　　　（　）（　　　　）
8. 昨日　コーヒー　　　（　）（　　　　）
9. 昨日　写真　　　　　（　）（　　　　）
10.よく　　食材　　　　　（　）（　　　　）
11.昨日　晩ごはん　　　（　）（　　　　）
12.よく　　昼寝　　　　　（　）（　　　　）

参考単語・表現

いろいろな所（各式各樣的地方）　自分の家　学校　公園　寮（宿舍）
居酒屋　映画館（電影院）　スーパー（超市）　朝ごはんの店（早餐店）　コンビニ（便利商店）　カフェ（咖啡廳）　スポーツクラブ（運動倶樂部）

書きましょう

例 前回、誰と一緒にデパートに（行きます）

A : _____

　　 賴小姐（妳）上次跟誰一起去了百貨公司呢？

B : _____ 跟家人一起去了。

　　　　　　　　　 ⇒（　家族　と ／ 一人で）

_____ 最近不去百貨公司。

　　　　　　　　　 ⇒（　　　　と ／ 一人で）

話しましょうA

- 現在形か過去形かに注意して、聞いてください。次に誰と一緒にしたか聞いてください。請互相詢問，注意是現在式還是過去式，並請詢問是和誰。

　　1. 今日誰とここに（来ます）　　　　　　（　　と ／ 一人で）
　　2. いつも誰と買い物（します）　　　　　（　　と ／ 一人で）
　　3. そのスマホは誰と一緒に（買います）　（　　と ／ 一人で）
　　4. 昨日、誰と晩ごはんを（食べます）　　（　　と ／ 一人で）
　　5. いつも誰と一緒に散歩（します）　　　（　　と ／ 一人で）

- 自分の状況に合わせて、答えてください。請按照自己的狀況回答。

参考単語・表現

家族	友達	彼	彼女	恋人	～さん	一人で

ポイント

（人）と　　　　　　跟（人）做～。
一人で　～ます。　　一個人做～

書きましょう（答え）

例 前回、誰と一緒にデパートに（行きます）

A： 頼さんは前回、誰と一緒にデパートに行きましたか。

賴小姐（妳）上次跟誰一起去了百貨公司呢？

B： 家族と一緒に行きました。　　　跟家人一起去了。

最近、デパートには行きません。　　　最近不去百貨公司。

話しましょうB

- 自分の状況に合わせて、答えてください。請按照自己的狀況回答。

- 現在形か過去形かに注意して、聞いてください。次に誰と一緒にしたか聞いてください。請互相詢問，注意是現在式還是過去式，並請詢問是和誰。

  6. 前回、誰とお酒を（飲みます）　　　（　　と／一人で）
  7. いつも誰と一緒に運動（します）　　　（　　と／一人で）
  8. 昨日誰と（帰ります）　　　（　　と／一人で）
  9. いつも誰と一緒に勉強（します）　　　（　　と／一人で）
  10.そのかばんは誰と一緒に（買います）　　　（　　と／一人で）

参考単語・表現

家族	友達	彼	彼女	恋人	～さん	一人で

やってみましょう

正確請打〇，錯誤請打 ×。

1. 明日 ［（　）友達と　（　）友達で］お酒を飲みます。
2. 昨日 ［（　）家族と　（　）家族で］スーパーに行きました。
3. 時々 ［（　）一人と　（　）一人で］晩ごはんを食べます。
4. 私は昨日、［（　）彼女と　（　）彼女で］［（　）二人と　（　）二人で］ごはんを食べました。

書きましょう

例 （ 淡水（たんすい） ）

A：＿＿＿＿＿＿＿＿＿＿＿＿＿＿＿＿＿　最近去了哪裡呢？

B：＿＿＿＿＿＿＿＿＿＿＿＿＿＿＿＿＿　去了淡水。

A：＿＿＿＿＿＿＿＿＿＿＿＿＿＿＿＿＿　什麼時候去的呢？

B：＿＿＿＿＿＿＿＿＿＿＿＿＿＿＿＿＿　上個月去的。

A：＿＿＿＿＿＿＿＿＿＿＿＿＿＿＿＿＿　和誰去的呢？

B：＿＿＿＿＿＿＿＿＿＿＿＿＿＿＿＿＿　我一個人去的。

話しましょうA

• 練習を始める前に、最近行った場所を4つ書いてください。それから、どこへ、いつ、誰と行ったのかを質問し合ってください。

   請在練習之前，先寫出最近去的 4 個地方。然後請用去哪裡、何時去、跟誰去等問題互相對話。

   （　　　　）（　　　　）（　　　　）（　　　　）

参考単語・表現

3日（みっか）前（まえ）	おととい	昨日（きのう）	今日（きょう）	明日（あした）	あさって	3日（みっか）後（あと）
2週間（にしゅうかん）前（まえ）	先週（せんしゅう）	今週（こんしゅう）	来週（らいしゅう）	2週間（にしゅうかん）後（あと）		
2か月（にげつ）前（まえ）	先月（せんげつ）	今月（こんげつ）	来月（らいげつ）	2か月（にげつ）後（あと）		
2年（にねん）前（まえ）	去年（きょねん）	今年（ことし）	来年（らいねん）	2年（にねん）後（あと）		

書きましょう（答え）

例 （ 淡水 ）

A： 最近、どこへ行きましたか。 　　　　最近去了哪裡呢？

B： 淡水へ行きました。 　　　　　　　去了淡水。

A： いつ行きましたか。 　　　　　　　什麼時候去的呢？

B： 先月行きました。 　　　　　　　　上個月去的。

A： 誰と行きましたか。 　　　　　　　和誰去的呢？

B： 一人で行きました。 　　　　　　　我一個人去的。

話しましょうB

- 練習を始める前に、最近行った場所を4つ書いてください。それから、どこへ、いつ、誰と行ったのかを質問し合ってください。

    請在練習之前，先寫出最近去的 4 個地方。然後請用去哪裡、何時去、跟誰去等問題互相對話。

    （　　　　）（　　　　　）（　　　　　）（　　　　　）

参考単語・表現

3日前	おととい	昨日	今日	明日	あさって	3日後
2週間前	先週	今週	来週	2週間後		
2か月前	先月	今月	来月	2か月後		
2年前	去年	今年	来年	2年後		

書きましょう

例 家からデパートに（行きます） ⇒（ 車 で / 歩いて）

A : _____

李小姐（妳）從家裡到百貨公司怎麼去的？

B : _____ 開車去。

話しましょうA

- 交通手段について聞いてください。請詢問交通方式。

1. 昨日、どうやって家に（帰ります）　　（　　で / 歩いて）
2. 今日、どうやってここに（来ます）　　（　　で / 歩いて）
3. どうやって家からスーパーまで（行きます）　（　　で / 歩いて）
4. どうやって台北から台中まで（行きます）　（　　で / 歩いて）
5. 毎日、どうやって［学校・会社］に（行きます / 来ます）

（　　で / 歩いて）

- 自分の状況に合わせて、答えてください。請按照自己的狀況回答。

参考単語・表現

高速鉄道　電車　MRT　バス　タクシー　U-bike
車（自動車）　バイク　自転車　歩いて

ポイント

どうやって 　　 行きますか。　　（交通手段）で 　　 行きます。
何で 　　 　　　　　　　　　　　 歩いて

書きましょう（答え）

例 家からデパートに（行きます）　⇒（⾞　で / 歩いて）

A：　李さんはどうやって家からデパートに行きますか。

李小姐（妳）從家裡到百貨公司怎麼去的？

B：　車で行きます。　　　　　　　　　　　　　　開車去。

話しましょうB

- 自分の状況に合わせて、答えてください。請按照自己的狀況回答。

- 交通手段について聞いてください。請詢問交通方式。

    6.　後で、どうやって家に（帰ります）　　　（　　で / 歩いて）
    7.　今日、どうやってここに（来ます）　　　（　　で / 歩いて）
    8.　今日、どうやって家に（帰ります）　　　（　　で / 歩いて）
    9.　どうやって家から病院まで（行きます）　（　　で / 歩いて）
    10.どうやって彰化から高雄まで（行きます）（　　で / 歩いて）

参考単語・表現

高速鉄道　電車　MRT　バス　タクシー　U-bike
車（自動車）　バイク　自転車　歩いて

26 実践！　よくお酒を飲みますか。常喝酒嗎？

- 「実践！」の課では、実際に会話をします。「書きましょう」の質問から始めて、会話例や参考単語・表現を参考にして、会話を続けましょう。

  本課請從「書きましょう」的問題開始，並參考會話的例句及單字用語。

書きましょう

1	徐さんは_____	徐小姐（妳）常喝酒嗎？
2	陳さんは_____	陳小姐（妳）常喝咖啡嗎？
3	林さんは_____	林先生（你）常做運動嗎？
4	黄さんは_____	黃先生（你）常看電影嗎？

会話例

A：Bさんはよくお酒を飲みますか。

B：はい、よく飲みますよ。

A：へー。いつも、どこで飲みますか。

B：だいたい家で飲みます。

A：何のお酒ですか。

B：いつもワインを飲みます。

A：ビールは飲みませんか。

B：あまり飲みません。

A：誰と飲みますか。

B：家族と飲みます。

A：そうですか。いいですね。

書きましょう（答え）

1　徐さんはよくお酒を飲みますか。　　　徐小姐（妳）常喝酒嗎？

2　陳さんはよくコーヒーを飲みますか。　陳小姐（妳）常喝咖啡嗎？

3　林さんはよく運動しますか。　　　　　林先生（你）常做運動嗎？

4　黄さんはよく映画を見ますか。　　　　黄先生（你）常看電影嗎？

参考単語・表現

句型	回應
よく〜ますか。 何を〜ますか。 どんな〜を〜ますか どこで〜ますか。 誰と〜ますか。	へー。 そうですか。 すごいですね。 いいですね。

お酒： ビール　ワイン　ウイスキー 📍居酒屋　家　友達の家	コーヒー　紅茶： ラテ　アメリカン　エスプレッソ レモンティー　ミルクティー 📍カフェ　コンビニ　モスバーガー
運動： ジョギング　テニス　バトミントン 卓球　水泳　山登り　散歩 📍公園　学校　スポーツセンター ジム	映画： コメディ映画（喜劇）　アクション映画（動作片）　恋愛映画　アニメ映画（動畫片）　ホラー映画（恐怖片） 📍映画館　家

書きましょう

例 よくお酒を（飲みます）　⇒（○）（　居酒屋　）

A：＿＿＿＿＿＿＿＿＿＿＿＿＿＿＿＿＿＿＿＿＿＿
　　張小姐（妳）常去喝酒嗎？

B：＿＿＿＿＿＿＿＿＿＿＿＿＿＿＿＿＿＿　有時候會去喝。

A：＿＿＿＿＿＿＿＿＿＿＿＿＿＿＿＿＿＿　去哪裡喝呢？

B：＿＿＿＿＿＿＿＿＿＿＿＿＿＿＿＿＿＿　去居酒屋喝。

例 よく運動　　　　　　⇒（×）（　　　　）

A：＿＿＿＿＿＿＿＿＿＿＿＿＿＿＿＿　張小姐（妳）常去運動嗎？

B：＿＿＿＿＿＿＿＿＿＿＿＿＿＿＿＿＿＿　完全不去。

話しましょうＡ

- 「よく（目的）に行きますか」と聞いて、次にどこに行くか聞いてください。請以「よく（目的）に行きますか」詢問，然後問接下來要去哪裡。

　　1. よく散歩　　　　　　　　（　　）（　　　　）
　　2. よく旅行　　　　　　　　（　　）（　　　　）
　　3. よく野球（見ます）　　　（　　）（　　　　）
　　4. よく服を（買います）　　（　　）（　　　　）
　　5. よく友達に（会います）　（　　）（　　　　）
　　6. よく日本料理を（食べます）（　　）（　　　　）

- 自分の状況に合わせて、答えてください。請按照自己的狀況回答。

ポイント

> （目的地）に（へ）　（動作性名詞）　に　行きます。
> 　　　　　　　　　　（動詞ます形）

書きましょう（答え）

例 よくお<ruby>酒<rt>さけ</rt></ruby>を（<ruby>飲<rt>の</rt></ruby>みます）　　　⇒（○）（ <ruby>居酒屋<rt>いざかや</rt></ruby> ）

A：<ruby>張<rt>ちょう</rt></ruby>さんはよくお<ruby>酒<rt>さけ</rt></ruby>を<ruby>飲<rt>の</rt></ruby>みに<ruby>行<rt>い</rt></ruby>きますか。

張小姐（妳）常去喝酒嗎？

B：<ruby>時々<rt>ときどき</rt></ruby><ruby>飲<rt>の</rt></ruby>みに<ruby>行<rt>い</rt></ruby>きます。　　　　　有時候會去喝。

A：どこに<ruby>飲<rt>の</rt></ruby>みに<ruby>行<rt>い</rt></ruby>きますか。　　　去哪裡喝呢？

B：<ruby>居酒屋<rt>いざかや</rt></ruby>に<ruby>飲<rt>の</rt></ruby>みに<ruby>行<rt>い</rt></ruby>きます。　　去居酒屋喝。

例 よく<ruby>運動<rt>うんどう</rt></ruby>　　　　　　　⇒（×）（　　　　　）

A：<ruby>張<rt>ちょう</rt></ruby>さんはよく<ruby>運動<rt>うんどう</rt></ruby>に<ruby>行<rt>い</rt></ruby>きますか。　張小姐（妳）常去運動嗎？

B：<ruby>全然<rt>ぜんぜん</rt></ruby><ruby>行<rt>い</rt></ruby>きません。　　　　　　完全不去。

話しましょうB

- <ruby>自分<rt>じぶん</rt></ruby>の<ruby>状況<rt>じょうきょう</rt></ruby>に<ruby>合<rt>あ</rt></ruby>わせて、<ruby>答<rt>こた</rt></ruby>えてください。請按照自己的狀況回答。

- 「よく（目的）に<ruby>行<rt>い</rt></ruby>きますか」と<ruby>聞<rt>き</rt></ruby>いて、<ruby>次<rt>つぎ</rt></ruby>にどこに<ruby>行<rt>い</rt></ruby>くか<ruby>聞<rt>き</rt></ruby>いてください。請以「よく（目的）に行きますか」詢問，然後問接下來要去哪裡。

　　7. よく<ruby>食事<rt>しょくじ</rt></ruby>　　　　　　　（　　）（　　　　　）

　　8. よく<ruby>買<rt>か</rt></ruby>い<ruby>物<rt>もの</rt></ruby>　　　　　　（　　）（　　　　　）

　　9. よく（<ruby>遊<rt>あそ</rt></ruby>びます）　　　　（　　）（　　　　　）

　　10.よく<ruby>映画<rt>えいが</rt></ruby>を（<ruby>見<rt>み</rt></ruby>ます）　　（　　）（　　　　　）

　　11.よく<ruby>写真<rt>しゃしん</rt></ruby>を（<ruby>撮<rt>と</rt></ruby>ります）　（　　）（　　　　　）

　　12.よくコーヒーを（<ruby>飲<rt>の</rt></ruby>みます）　（　　）（　　　　　）

やってみましょう

正確請打○，錯誤請打 ×。

1. <ruby>時々<rt>ときどき</rt></ruby>、[（　）<ruby>写真<rt>しゃしん</rt></ruby>に（　）<ruby>写真<rt>しゃしん</rt></ruby>を<ruby>撮<rt>と</rt></ruby>りに]<ruby>行<rt>い</rt></ruby>きます。

2. <ruby>昨日<rt>きのう</rt></ruby>[（　）<ruby>食事<rt>しょくじ</rt></ruby>に（　）<ruby>食事<rt>しょくじ</rt></ruby>しに]<ruby>行<rt>い</rt></ruby>きました。

3. <ruby>毎週<rt>まいしゅう</rt></ruby><ruby>火曜日<rt>かようび</rt></ruby>、<ruby>日本語<rt>にほんご</rt></ruby>を[（　）<ruby>勉強<rt>べんきょう</rt></ruby>に（　）<ruby>勉強<rt>べんきょう</rt></ruby>しに]<ruby>来<rt>き</rt></ruby>ます。

書きましょう

例 毎日（勉強します）　⇒（　２ 時間）

A：_____
　　王同學（你）每天念幾小時的書呢？

B：_____念２小時左右。

例 昨日 テレビを（見ます）⇒（　０ 時間）

A：_____
　　王先生（你）昨天看了幾小時的電視呢？

B：_____完全沒看。

話しましょうA

- 何時間したか、聞いてください。請詢問做了幾小時。

　　 1. 毎日（寝ます）　　　　　　　　（　　時間）
　　 2. 昨日（運動します）　　　　　　（　　時間）
　　 3. 昨日 本を（読みます）　　　　　（　　時間）
　　 4. 昨日 日本語を（勉強します）　　（　　時間）
　　 5. 明日 [仕事 / アルバイト]を（します）（　　時間）

- 自分の状況に合わせて、答えてください。請按照自己的狀況回答。

参考単語・表現

～時間以上	～時間以内
平均～時間くらい	何時間も（好幾個小時）　何時間か（幾個小時）

ポイント

時間點＋に	３時に	３日に	2020年に
期間・範囲＋に	３時間	３日（間）	１年（間）

書きましょう（答え）

例 毎日（勉強します）⇒（ 2 時間）

A： 王さんは毎日、何時間勉強しますか。

王同學（你）每天念幾小時的書呢？

B： 2時間くらい勉強します。　　　　念2小時左右。

例 昨日 テレビを（見ます）⇒（ 0 時間）

A： 王さんは昨日、何時間テレビを見ましたか。

王先生（你）昨天看了幾小時的電視呢？

B： 全然見ませんでした。　　　　完全沒看。

話しましょうB

- 自分の状況に合わせて、答えてください。請按照自己的狀況回答。

- 何時間したか、聞いてください。請詢問做了幾小時。

6. 昨日（寝ます）　　　　　　　　（　　時間）
7. 昨日 テレビを（見ます）　　　　（　　時間）
8. 毎日 スマホを（使います）　　　（　　時間）
9. いつも 授業を（受けます）　　　（　　時間）
10. 毎日 日本語を（勉強します）　　（　　時間）

参考単語・表現

〜時間以上　　　　〜時間以内
平均〜時間くらい　何時間も（好幾個小時）　何時間か（幾個小時）

やってみましょう

表現適切的句子請打「○」。

1. （　　）私は1時間日本語を勉強しました。
2. （　　）私は日本語を1時間勉強しました。
3. （　　）1時間日本語を私は勉強しました。

書きましょう

例 お酒を飲みます　⇒（[１日　（１週間）１か月　１年]に2,3回）

A：＿＿＿＿＿＿＿＿＿＿＿＿＿＿＿＿＿＿＿＿　吳小姐（妳）常喝酒嗎？

B：＿＿＿＿＿＿＿＿＿＿＿＿＿＿＿＿＿＿＿＿　是的，很常喝。

A：＿＿＿＿＿＿＿＿＿＿＿＿＿＿＿＿＿＿＿＿　一個月大約喝幾次呢？

B：＿＿＿＿＿＿＿＿＿＿＿＿＿＿＿＿＿＿＿＿　一個星期喝兩三次。

A：＿＿＿＿＿＿＿＿＿＿＿＿＿＿＿＿＿＿＿＿

耶，好厲害喔！ / 很少耶！ / 是喔。

話しましょうA

- 適当な期間を考えて、聞いてください。請選擇適合的期間詢問對方。

1. スマホを使います　　（[１日　１週間　１か月　１年]に　　回）
2. コーヒーを飲みます　（[１日　１週間　１か月　１年]に　　回）
3. コンビニに行きます　（[１日　１週間　１か月　１年]に　　回）
4. 部屋の掃除をします　（[１日　１週間　１か月　１年]に　　回）
5. ネットで物を買います　（[１日　１週間　１か月　１年]に　　回）
6. 友達とレストランでごはんを食べます

（[１日　１週間　１か月　１年]に　　回）

- 自分の状況に合わせて、答えてください。請按照自己的狀況回答。

参考単語・表現

なんかい	なんかい
何回も（好幾次）	何回か（幾次）
いっかい	ぜんぜん
１回も～ません。（一次都沒/不～）	全然～ません。（完全沒/不～）

ポイント

（期間・範囲）に　～回、～します。

いっかい	にかい	さんかい	よんかい	ごかい	ろっかい	ななかい	はっかい	きゅうかい
１回	２回	３回	４回	５回	６回	７回	８回	９回

じゅっかい
10回

▰▰ 書きましょう（答え）

例 お酒を飲みます ⇒（[1日 （1週間） 1か月 1年]に2,3回）

A： 呉さんはよくお酒を飲みますか。　　　呉小姐（妳）常喝酒嗎？

B： はい、よく飲みます。　　　是的，很常喝。

A： 一か月に何回ぐらい飲みますか。　　　一個月大約喝幾次呢？

B： 一週間に2、3回飲みます。　　　一個星期喝兩三次。

A： へー、すごいですね。 / 少ないですね。 / そうですか。

　　耶，好厲害喔！/ 很少耶！/ 是喔。

▰▰ 話しましょうB

- 自分の状況に合わせて、答えてください。請按照自己的狀況回答。

- 適当な期間を考えて、聞いてください。請選擇適合的期間詢問對方。

　　7. 服を買います　　　　（[1日 1週間 1か月 1年]に　回）

　　8. バスに乗ります　　　（[1日 1週間 1か月 1年]に　回）

　　9. お酒を飲みます　　　（[1日 1週間 1か月 1年]に　回）

　　10.電話をかけます　　　（[1日 1週間 1か月 1年]に　回）

　　11.カフェに行きます　　（[1日 1週間 1か月 1年]に　回）

　　12.インスタントラーメンを食べます

　　　　　　　　　　　　　（[1日 1週間 1か月 1年]に　回）

▰▰ 参考単語・表現

何回も（好幾次）　　何回か（幾次）

1回も〜ません。（一次都沒/不〜）　　全然〜ません。（完全沒/不〜）

▰▰ やってみましょう

正確的是a還是b？

1. 1時間［aいち bいっ］じかん　4. 1か月［aいち bいっ］かげつ

2. 1日 ［aいち bいっ］にち　　5. 1年［aいち bいっ］ねん

3. 1週間［aいち bいっ］しゅうかん

書きましょう

例 時間：東京→大阪 新幹線　⇒ (2) 時間 (40) 分

A ：＿＿＿＿＿＿＿＿＿＿＿＿＿＿＿

　　從東京坐新幹線到大阪大概要多久呢？

B ：＿＿＿＿＿＿＿＿＿＿＿＿＿＿＿

　　大概要花 2 個小時 40 分鐘左右。

例 お金：東京→大阪 新幹線　⇒ (13,870) 円

A ：＿＿＿＿＿＿＿＿＿＿＿＿＿＿＿

　　從東京坐新幹線到大阪大概要多少錢呢？

B ：＿＿＿＿＿＿＿＿＿＿＿＿＿＿＿　要花 13,870 日圓。

話しましょうＡ

● 空欄部分を相手に聞いて、書いてください。請詢問對方空格的答案。

	飛行機	新幹線	（長距離）バス
北海道⇔東京	（　）時間（　）分 27,410 円 （羽田⇔新千歳）	8 時間 20 分 （　　　）円 （東京⇔新函館）	ありません
東京⇔大阪	（　）時間（　）分 （　　　）円 （羽田⇔伊丹）	(2) 時間 (40) 分 (13,870) 円	7 時間 40 分 2,900 円
大阪⇔福岡	1 時間 15 分 13,720 円 （伊丹⇔福岡）	（　）時間（　）分 14,750 円	7 時間 45 分 （　　　）円

● 表を見て質問に答えてください。請依照表格的內容回答。

ポイント

（場所）から（場所）まで（交通手段）で　いくら　かかりますか。
　　　　　　　　　　　　　　　　　　　　何時間

書きましょう（答え）

例 時間：東京→大阪 新幹線 ⇒ (2) 時間 (40) 分

A： 東京から大阪まで新幹線で何時間かかりますか。

從東京坐新幹線到大阪大概要多久呢？

B： ２時間４０分くらいかかります。

大概要花２個小時40分鐘左右。

例 お金：東京→大阪 新幹線 ⇒ (13,870) 円

A： 東京から大阪まで新幹線でいくらかかりますか。

從東京坐新幹線到大阪大概要多少錢呢？

B： 13,870 円かかります。 要花 13,870 日圓。

話しましょうB

- 表を見て質問に答えてください。請依照表格的內容回答。

- 空欄部分を相手に聞いて、書いてください。請詢問對方空格的答案。

	飛行機	新幹線	（長距離）バス
北海道⇔東京	１時間 45 分 （　　　）円 （羽田⇔新千歳）	（　）時間（　）分 23,230 円 （東京⇔新函館）	ありません
東京⇔大阪	１時間 5 分 10,350 円 （羽田⇔伊丹）	(2) 時間 (40) 分 (13,870) 円	（　）時間（　）分 （　　　）円
大阪⇔福岡	（　）時間（　）分 （　　　）円 （伊丹⇔福岡）	２時間 50 分 14,750 円	７時間 45 分 4,500 円

※ 2021 年4月時点で『格安移動（https://idou.me/）』で調査した結果をもとに提示しています。

此數據是依 2021 年 4 月「格安移動（https://idou.me/）」所查詢結果。

31 日曜日（にちようび）にアルバイトがありますか。星期日有打工嗎？

書きましょう

例 月曜日（げつようび）の午前（ごぜん） 授業（じゅぎょう） ⇒（×）

A：＿＿＿＿＿＿＿＿＿＿＿＿＿＿＿＿＿＿＿＿＿　星期一的上午有課嗎？

B：＿＿＿＿＿＿＿＿＿＿＿＿＿＿＿＿＿＿＿＿＿　不，沒有。

話しましょうA

- 相手の人の予定を聞いてください。請詢問對方的預定行程。

    1. 木曜日（もくようび） 授業（じゅぎょう）　　　（　　）
    2. 土曜日（どようび） 仕事（しごと）　　　　　（　　）
    3. 日曜日（にちようび）の午前（ごぜん） 約束（やくそく）　　（　　）
    4. 金曜日（きんようび）の夜（よる） 飲み会（のみかい）　　（　　）
    5. 水曜日（すいようび）の夕方（ゆうがた） 仕事（しごと）　　（　　）
    6. 火曜日（かようび）の 午後（ごご） 授業（じゅぎょう）　　（　　）

- 下の表を見ながら、相手の質問に答えてください。請依下表所示，回答對方的問題。

	月（げつ）	火（か）	水（すい）	木（もく）	金（きん）	土（ど）	日（にち）
午前（ごぜん）		授業（じゅぎょう）		授業（じゅぎょう）	授業（じゅぎょう）	仕事（しごと）	
午後（ごご）	授業（じゅぎょう）	授業（じゅぎょう）	クラブ	授業（じゅぎょう）	授業（じゅぎょう）	仕事（しごと）	
夕方（ゆうがた）		仕事（しごと）	クラブ		仕事（しごと）		仕事（しごと）
夜（よる）			飲み会（のみかい）		約束（やくそく）		

ポイント

（場所）に （物）が あります。

（場所）に （人）が います。

書きましょう（答え）

例 月曜日の午前 授業 ⇒（×）

A： ＿月曜日の午前に授業がありますか。＿ 星期一的上午有課嗎？

B： ＿いいえ、ありません。＿ 不，沒有。

話しましょうB

• 下の表を見ながら、相手の質問に答えてください。請依下表所示，回答對方的問題。

	月	火	水	木	金	土	日
午前		授業	授業	クラブ	授業		
午後	授業	授業		クラブ	授業		
夕方	仕事	仕事	約束	仕事	仕事	仕事	仕事
夜					飲み会	飲み会	飲み会

• 相手の人の予定を聞いてください。請詢問對方的預定行程。

7. 水曜日 クラブ 　　　（ ）
8. 月曜日 授業 　　　（ ）
9. 火曜日の夕方 飲み会 　（ ）
10. 土曜日の夕方 仕事 　（ ）
11. 金曜日の午前 授業 　（ ）
12. 木曜日の夜 約束 　（ ）

やってみましょう

正確的是 a 還是 b ？

1. 学校に花が［ a あります　 b います］。
2. 家に猫が［ a あります　 b います］。
3. 魚屋に鮭が［ a あります　 b います］。
4. 川に鮭が［ a あります　 b います］。

書きましょう

例 クラス 同じ名前 ⇒（○）

A : _____ 班上有同樣名字的人嗎？

B : _____ 是，有。

_____ 是，有很多。

_____ 是，有一些。

_____ 不，完全沒有。

_____ 我不知道。

話しましょうA

- ある場所にそんな人がいるかどうか聞いて、○か×を書いてください。請詢問該處是否有那樣的人，並以○或 × 回答。

  1. クラス（会社） ギターが得意 （　）
  2. 学校（会社） 金門出身 （　）
  3. 家族 日本の歌手が好き （　）
  4. クラス（会社） 同じ名前 （　）
  5. 家族 静か （　）

- 自分の状況に合わせて、答えてください。請按照自己的狀況回答。

ポイント

（名詞）＋の ＋人 学校の人（學校的人）

（な形容詞）＋な＋人 元気な人（活潑的人）

（い形容詞〜い）＋人 おもしろい人（有趣的人）

書きましょう（答え）

例 クラス 同じ名前 ⇒（○）

A： クラスに同じ名前の人がいますか。　班上有同樣名字的人嗎？

B： はい、います。　是，有。

はい、たくさんいます。　是，有很多。

はい、ちょっといます。　是，有一些。

いいえ、全然いません。　不，完全沒有。

分かりません。　我不知道。

話しましょうB

- 自分の状況に合わせて、答えてください。請按照自己的狀況回答。

- ある場所にそんな人がいるかどうか聞いて、○か×を書いてください。請詢問該處是否有那樣的人，並以○或 × 回答。

6. 家族 料理が得意　　　　　（　　）
7. 学校（会社） 花蓮出身　　（　　）
8. クラス（会社） おもしろい　（　　）
9. 学校（会社） 同じ姓　　　（　　）
10.家族 アニメが好き　　　　（　　）

やってみましょう

完成句子，空格處請填入平假名，若不須填寫請打「×」。

1. かわいい（　　）人が好きです。
2. 元気（　　）人が好きです。
3. きれい（　　）人がいます。
4. 店（　　）人が来ました。
5. 昨日と同じ（　　）人を見ました。

33 何人_{なんにん}いますか。有幾個人呢？

■ 書きましょう

例 元_{もと}カレ

A : ＿＿＿＿＿＿＿＿＿＿＿＿＿＿＿　　　有幾位前男友呢？

B : ＿＿＿＿＿＿＿＿＿＿＿＿＿＿＿　　　有３位。　　⇒（３人）

　　＿＿＿＿＿＿＿＿＿＿＿＿＿＿＿　　　祕密。　　　⇒（？人）

例 （クラス）男性_{だんせい}

A : ＿＿＿＿＿＿＿＿＿＿＿＿＿＿＿　　　班上有幾位男生呢？

B : ＿＿＿＿＿＿＿＿＿＿＿＿＿＿＿　　　有很多。⇒（たくさん 大）

　　＿＿＿＿＿＿＿＿＿＿＿＿＿＿＿　　　有 10 人左右。⇒（10人）

　　＿＿＿＿＿＿＿＿＿＿＿＿＿＿＿　　　完全沒有。　⇒（0人）

■ 話しましょうＡ

- ある場所にそんな人がいるかどうか聞いて、人数を書いてください。請詢問該處是否有那樣的人，並寫下人數。

1. お姉_{ねえ}さん　　　　　　　　　（　　　人）
2. 弟_{おとうと}さん　　　　　　　　　（　　　人）
3. 家族_{かぞく}　　　　　　　　　　（　　　人）
4. 好_すきな日本_{にほん}の歌手_{かしゅ}　　（　　　人）
5. （教室_{きょうしつ}）男性_{だんせい}　　　　（　　　人）
6. （家族_{かぞく}）15 歳以下_{さいいか}の子供_{こども}　（　　　人）
7. （会社_{かいしゃ} / 学校_{がっこう}）日本語_{にほんご}の先生_{せんせい}　（　　　人）

- 自分の状況に合わせて、答えてください。請按照自己的狀況回答。

■ ポイント

> 表示人的數量多寡的副詞：
> 人_{ひと}が　たくさん　います。（人很多。）
> 人_{ひと}が　あまり　いません。（人不多。）
> 人_{ひと}が　少_{すこ}し　います。（有一些人。）
> 人_{ひと}が　全然_{ぜんぜん}　いません。（完全沒人。）

書きましょう（答え）

例 元カレ

A： 元カレが何人いますか。　　　　　有幾位前男友呢？

B： 3人います。　　　　　　　　　　有3位。　　　⇒（3人）

　　秘密です。　　　　　　　　　　祕密。　　　⇒（？人）

例 （クラス）男性

A： クラスに男性が何人いますか。　　班上有幾位男生呢？

B： たくさんいます。　　　　　　　有很多。⇒（たくさん ~~大~~）

　　10人くらいいます。　　　　　有10人左右。⇒（10人）

　　全然いません。　　　　　　　完全沒有。　⇒（0人）

話しましょうB

• 自分の状況に合わせて、答えてください。請按照自己的狀況回答。

• ある場所にそんな人がいるかどうか聞いて、人数を書いてください。請詢問該處是否有那樣的人，並寫下人數。

　　8. お兄さん　　　　　　　　　（　　人）
　　9. 妹さん　　　　　　　　　　（　　人）
　　10.元カレ・元カノ　　　　　　（　　人）
　　11.いとこ（堂/表兄弟姉妹）　（　　人）
　　12.（教室）日本人　　　　　（　　人）
　　13.（家族）女性　　　　　　（　　人）
　　14.（クラス）学生　　　　　（　　人）

書きましょう

例 うちに　かばん　　　　⇒（7 ⓣ 枚　台　冊 / たくさん）

A: ＿＿＿＿＿＿＿＿＿＿＿＿＿＿　家裡有幾個包包呢？

B: ＿＿＿＿＿＿＿＿＿＿＿＿＿＿　有7個左右。

例 うちに　本〔ほん〕　　　　⇒（　つ　枚　台　冊 /（たくさん））

A: ＿＿＿＿＿＿＿＿＿＿＿＿＿＿　家裡有幾本書呢？

B: ＿＿＿＿＿＿＿＿＿＿＿＿＿＿　有很多。

例 うちに　自転車〔じてんしゃ〕　⇒（0　つ　枚 ⓣ 冊 / たくさん）

A: ＿＿＿＿＿＿＿＿＿＿＿＿＿＿　家裡有幾台腳踏車呢？

B: ＿＿＿＿＿＿＿＿＿＿＿＿＿＿　一台都沒有。

話しましょうA

- 数量を聞いて、書いてください。請寫下家中有的數量。

　1. うちに　パソコン　　　　　（　つ　枚　台　冊 / たくさん）
　2. うちに　いす　　　　　　　（　つ　枚　台　冊 / たくさん）
　3. うちに　漫画〔まんが〕　　（　つ　枚　台　冊 / たくさん）
　4. うちに　自転車〔じてんしゃ〕（　つ　枚　台　冊 / たくさん）
　5. うちに　日本語の本〔にほんごのほん〕（　つ　枚　台　冊 / たくさん）
　6. うちに　腕時計〔うでどけい〕（　つ　枚　台　冊 / たくさん）

- 自分の状況に合わせて、答えてください。請按照自己的狀況回答。

ポイント

ひと	ふた	みっ	よっ	いつ	むっ	なな	やっ	ここの	とお
1つ	2つ	3つ	4つ	5つ	6つ	7つ	8つ	9つ	10

～つ：果物〔くだもの〕　机〔つくえ〕　時計〔とけい〕　コップ　かばん
～枚〔まい〕：紙〔かみ〕　写真〔しゃしん〕　服〔ふく〕　皿〔さら〕
～台〔だい〕：パソコン　自転車〔じてんしゃ〕　機械〔きかい〕
～冊〔さつ〕：本〔ほん〕　雑誌〔ざっし〕　ノート　辞書〔じしょ〕

書きましょう（答え）

例 うちに かばん ⇒（7 ○つ 枚 台 冊 / たくさん）

A： うちにかばんがいくつありますか。 家裡有幾個包包呢？

B： 7つくらいあります。 有7個左右。

例 うちに 本 ⇒（ つ 枚 台 冊 / ○たくさん）

A： うちに本が何冊ありますか。 家裡有幾本書呢？

B： たくさんあります。 有很多。

例 うちに 自転車 ⇒（0 つ 枚 ○台 冊 / たくさん）

A： うちに自転車が何台ありますか。 家裡有幾台腳踏車呢？

B： 1台もありません。 一台都沒有。

話しましょうB

- 自分の状況に合わせて、答えてください。請按照自己的狀況回答。

- 数量を聞いて、書いてください。請寫下家中有的數量。

7. うちに かばん （ つ 枚 台 冊 / たくさん）
8. うちに 日本語の教科書 （ つ 枚 台 冊 / たくさん）
9. うちに バイク （ つ 枚 台 冊 / たくさん）
10. うちに 本棚 （ つ 枚 台 冊 / たくさん）
11. うちに 小説 （ つ 枚 台 冊 / たくさん）
12. うちに スマホ （ つ 枚 台 冊 / たくさん）

やってみましょう

選出正確的選項。

1. 昨日は（a とても b たくさん c よく）暑かったです。
2. お金が（a とても b たくさん c よく）あります。
3. コンビニに（a とても b たくさん c よく）行きます。
4. うどんが（a とても b たくさん c よく）好きです。
5. （a とても b たくさん c よく）分かりました。

書きましょう

例 A：後で、一緒にビール　B：じゃ、居酒屋

A：＿＿＿＿＿＿＿＿＿＿＿＿＿＿＿＿＿＿＿＿＿＿＿＿＿

　　等一下，要不要一起喝啤酒呢？

B：＿＿＿＿＿＿＿＿＿＿＿＿＿＿＿＿＿＿　好啊！

A：＿＿＿＿＿＿＿＿＿＿＿＿＿＿＿＿＿＿　在哪裡喝呢？

B：＿＿＿＿＿＿＿＿＿＿＿＿＿＿＿＿＿＿　那，在居酒屋喝吧。

話しましょうA

* 誘ってください。請邀請對方。

　　1. これから、一緒に散歩

　　2. 後で、一緒に晩ごはん

　　3. 後で、一緒に映画

　　4. 後で、一緒に宿題

　　5. これから、一緒にコーヒーでも

* AとBを交代して、場所を提案してください。請A和B互換，提議地點。

　　6.　じゃ、学校のグランド

　　7.　じゃ、外

　　8.　じゃ、近くのカラオケボックス

　　9.　じゃ、駅前のラーメン屋

　　10.じゃ、デパートのレストラン

ポイント

客氣有禮的邀請：～ませんか。　（名詞）はどうですか。

強烈的邀請：～ましょうか。　～ましょう。

同意：ええ、いいですね。 / ええ、～ましょう。

拒絕：すみません、ちょっと……。（後面表達不便之處的話語通常會省略）

▰ 書きましょう（答え）

例　A：後で、一緒にビール　B：じゃ、居酒屋

A：　後で、一緒にビールを飲みませんか。

等一下，要不要一起喝啤酒呢？

B：　いいですね。　　　　　　　　　　　　好啊！

A：　どこで飲みますか。　　　　　　　　在哪裡喝呢？

B：　じゃ、居酒屋で飲みましょう。　　　那，在居酒屋喝吧。

▰ 話しましょうB

- 場所を提案してください。請提議地點。

　1. じゃ、公園
　2. じゃ、近くの定食屋
　3. じゃ、デパートの映画館
　4. じゃ、私の部屋
　5. じゃ、カフェ

- AとBを交代して、誘ってください。請A和B互換，邀請對方。

　6. 後で、一緒にジョギング
　7. これから、一緒に写真
　8. 今晩、一緒にカラオケ
　9. これから、ラーメンでも
　10. 後で、一緒に食事

▰ やってみましょう

正確請打○，錯誤請打 ✕。

1.（上課前）
　　教師：授業を［（　　）始めませんか／（　　）始めましょう］。

2.（剛認識的兩人在用餐後）
　　A：映画を見に［（　　）行きましょう／（　　）行きませんか］。
　　B：はい、いいですね。

36 実践！ 一緒に買い物に行きませんか。一起去逛街嗎？

- 「実践！」の課では、実際に会話をします。「書きましょう」の質問から始めて、会話例や参考単語・表現を参考にして、会話を続けましょう。

  本課請從「書きましょう」的問題開始，並參考會話的例句及單字用語。

書きましょう

1. ＿＿＿＿＿＿＿＿＿＿＿＿＿＿＿ 要一起去喝酒嗎？

2. ＿＿＿＿＿＿＿＿＿＿＿＿＿＿＿ 好，一起去。太好了。

3. ＿＿＿＿＿＿＿＿＿＿＿＿＿＿＿ 不好意思，有點～。

4. ＿＿＿＿＿＿＿＿＿＿＿＿＿＿＿ 要在哪喝咖啡呢？

5. ＿＿＿＿＿＿＿＿＿＿＿＿＿＿＿ 要吃什麼樣的料理呢？

6. ＿＿＿＿＿＿＿＿＿＿＿＿＿＿＿ 什麼時候方便呢？

会話の例

A：今度、一緒に映画を見ませんか。

B：すみません、ちょっと……。

A：じゃ、お酒を飲みませんか。

B：ええ、飲みましょう。どこで飲みますか。

A：じゃ、居酒屋で飲みませんか。

B：いいですね。どこの居酒屋ですか。

A：学校の近くの居酒屋で飲みましょう。

B：いいですね。いつがいいですか。

A：今週の金曜日は大丈夫ですか。

B：はい、大丈夫です。

A：じゃ、金曜日に駅で会いましょう。

B：分かりました。じゃ、金曜日に。

書きましょう（答え）

1. 一緒にお酒を飲みに行きませんか。　　　要一起去喝酒嗎？

2. ええ、行きましょう。いいですね。　　　好，一起去。太好了。

3. すみません、ちょっと……。　　　不好意思，有點～。

4. どこでコーヒーを飲みますか。　　　要在哪喝咖啡呢？

5. どんな料理を食べますか。　　　要吃什麼樣的料理呢？

6. いつがいいですか。　　　什麼時候方便呢？

参考単語・表現

します	運動 スポーツ バスケ（籃球） バトミントン（羽球） 卓球（桌球） ジョギング（慢跑） サイクリング（騎腳踏車） 勉強 宿題 散歩 食事 買い物 ゲーム 釣り
見ます	映画 海 イルカ（海豚） 夜景
食べます	昼ごはん 晩ごはん ケーキ おいしい物
飲みます	コーヒー 紅茶 お茶 お酒
行きます	コンサート（音樂會） 水族館 展覧会 台湾一周 テーマパーク（主題遊樂園）

〜の家 公園 学校 図書館 スポーツセンター
レストラン 定食屋 カフェ 居酒屋 マクドナルド

37 猫のほうが好きです。比較喜歡貓。

書きましょう

例 ［運動・散歩］好き

A：_____ 運動和散步，喜歡哪一個呢？

B：_____ _____ 比較喜歡運動。 ⇒（運動 散步）

_____ 兩個都喜歡。 ⇒（運動 散步）

_____ 兩個都不喜歡。 ⇒（運動 散步）

話しましょうA

- 「AとB、どちらが〜ですか」と聞いてください。請以「AとB、どちらが〜ですか」詢問。

    1. ［犬・猫］好き　　　　　　　　（犬　猫）
    2. ［勉強・掃除］好き　　　　　　（勉強　掃除）
    3. ［紅茶・コーヒー］好き　　　　（紅茶　コーヒー）
    4. ［おもしろい男性・優しい男性］好き

        （おもしろい男性　優しい男性）
    5. ［北京・香港］ここから近い　　（北京　香港）
    6. ［5月・9月］暑い　　　　　　　（5月　9月）
    7. ［九州・四国］広い　　　　　　（九州　四国）
    8. ［日本語・英語］難しい　　　　（日本語　英語）

- 自分の状況に合わせて、答えてください。請按照自己的狀況回答。

ポイント

AとB、どちら（のほう）が〜ですか。

　Aのほうが〜です。

書きましょう（答え）

例 ［運動・散歩］好き

A： 運動と散歩、どちらが好きですか。 運動和散步，喜歡哪一個呢？

B： 運動のほうが好きです。 比較喜歡運動。 ⇒（運動 散步）

どちらも好きです。 兩個都喜歡。 ⇒（運動 散步）

どちらも好きじゃありません。 兩個都不喜歡。 ⇒（運動 散步）

話しましょうB

- 自分の状況に合わせて、答えてください。請按照自己的狀況回答。

- 「AとB、どちらが〜ですか」と聞いてください。請以「AとB、どちらが〜ですか」詢問。

9. ［肉・魚］好き （肉 魚）
10. ［掃除・洗濯］好き （掃除 洗濯）
11. ［漫画・小説］好き （漫画 小説）
12. ［元気な女性・静かな女性］好き （元気な女性 静かな女性）
13. ［北海道・九州］ここから遠い （北海道 九州）
14. ［新北市・台北市］人が多い （新北市 台北市）
15. 最近の［ドラマ・映画］おもしろい （ドラマ 映画）
16. ［スタバのコーヒー セブンイレブンのコーヒー］高い
（スタバのコーヒー セブンイレブンのコーヒー）

やってみましょう

正確請打○，錯誤請打 ✕。

1. （ ）AとB、どちらが好きですか。
2. （ ）AとBとどちらが好きですか。
3. （ ）AとBのどちらが好きですか。
4. （ ）AのほうがBより好きです。
5. （ ）BよりAのほうが好きです。

書きましょう

例 季節　一番好き　　　　　⇒（　冬　）

A：_____　　四季中，最喜歡哪一季呢？

B：_____　　最喜歡冬天。

例 家族　一番料理が得意　　⇒（　母　）

A：_____　　家人中誰最會做菜呢？

B：_____　　媽媽最會做菜。

話しましょうA

- 「（範囲）の中で、（疑問詞）が一番～ですか」と聞いてください。請以「（範囲）の中で、（疑問詞）が一番～ですか」詢問。

　　1. スポーツ　一番好き　　　　　　（　　　　）
　　2. 果物　一番好き　　　　　　　　（　　　　）
　　3. クラス　一番背が高い　　　　　（　　　　）
　　4. 台湾の町　一番好き　　　　　　（　　　　）
　　5. 1月から12月まで　一番寒い　（　　　　）

- 自分の状況に合わせて、答えてください。請按照自己的狀況回答。

参考単語・表現

スポーツ（バスケ　バトミントン　卓球　野球　サッカー……）
果物（いちご　桃　りんご　みかん　葡萄　メロン　バナナ　スイカ）
日本料理（寿司　天ぷら　蕎麦　唐揚げ　刺身　うどん　すき焼き）
台湾の名産（パイナップルケーキ　お茶　ヌガー　太陽餅　からすみ……）

ポイント

（範囲）の中で（疑問詞）が一番～ですか。
　～が一番～です。

（なに）（いちばん す）

書きましょう（答え）

例 季節 一番好き　　　　　⇒（ 冬 ）
（き せつ）（いちばん す）

A：　季節の中でいつが一番好きですか。　四季中，最喜歡哪一季呢？
（き せつ）（なか）（いちばん す）

B：　冬が一番好きです。　　　　　　　最喜歡冬天。
（ふゆ）（いちばん す）

例 家族 一番料理が得意　　　⇒（ 母 ）
（か ぞく）（いちばんりょう り）（とく い）

A：　家族の中で誰が一番料理が得意ですか。家人中誰最會做菜呢？
（か ぞく）（なか）（だれ）（いちばんりょう り）（とく い）

B：　母が一番得意です。　　　　　　　媽媽最會做菜。
（はは）（いちばんとく い）

話しましょうB

- 自分の状況に合わせて、答えてください。請按照自己的狀況回答。

- 「（範囲）の中で、（疑問詞）が一番～ですか」と聞いてください。請以「（範囲）
  の中で、（疑問詞）が一番～ですか」詢問。

　　6.　日本料理 一番好き　　　　（　　　　）
　　　（に ほんりょう り）（いちばん す）

　　7.　台湾のお土産 一番好き　　（　　　　）
　　　（たいわん）（みやげ）（いちばん す）

　　8.　季節 一番嫌い　　　　　　（　　　　）
　　　（き せつ）（いちばん きら）

　　9.　台湾の山 一番高い　　　　（　　　　）
　　　（たいわん）（やま）（いちばんたか）

　　10.家族 一番元気　　　　　　（　　　　）
　　　（か ぞく）（いちばんげん き）

参考単語・表現

スポーツ（バスケ　バトミントン　卓球　野球　サッカー……）
（たっきゅう）（や きゅう）
果物（いちご　桃　りんご　みかん　葡萄　メロン　バナナ　スイカ）
（くだもの）（もも）（ぶ どう）
日本料理（寿司　天ぷら　蕎麦　唐揚げ　刺身　うどん　すき焼き）
（に ほんりょう り）（す し）（てん）（そば）（から あ）（さし み）（や やき）
台湾の名産（パイナップルケーキ　お茶　ヌガー　太陽餅　からす
（たいわん）（めいさん）（ちゃ）（たいようもち）
み……）

書きましょう

例 [新聞 雑誌] よく読みます

A : _____

　　　報紙跟雑誌最常看哪個呢？

B : _____　　比較常看報紙。　⇒（新聞 雑誌）

　　_____　　兩個都很常看。　⇒（新聞 雑誌）

　　_____　　兩個都不看。　　⇒（新聞 雑誌）

話しましょうA

- 「AとB、どちらをよく～ますか」と聞いてください。請以「AとB、どちらをよく～ますか」詢問。

　1. [魚 肉]よく食べます 　　　　（魚 肉）
　2. [靴 かばん]よく買います 　　　（靴 かばん）
　3. [アニメ ドラマ]よく見ます 　　（アニメ ドラマ）
　4. [散歩 ジョギング]よくします 　（散歩 ジョギング）
　5. [中国語の音楽 日本語の音楽]よく聞きます

　　　　　　　　　　　　　　　（中国語の音楽 日本語の音楽）

- 自分の状況に合わせて、答えてください。請按照自己的狀況回答。

ポイント

> AとBのどちらが好きですか。
> 　Aのほうが好きです。
> AとBのどちらを食べますか。
> 　Aのほうを食べます。

書きましょう（答え）

例 ［新聞<small>しんぶん</small> 雑誌<small>ざっし</small>］ よく読<small>よ</small>みます

A： 新聞<small>しんぶん</small>と雑誌<small>ざっし</small>、どちらをよく読<small>よ</small>みますか。

報紙跟雜誌最常看哪個呢？

B： 新聞<small>しんぶん</small>のほうをよく読<small>よ</small>みます。 　比較常看報紙。⇒（新聞 雜誌）

どちらもよく読<small>よ</small>みます。 　両個都很常看。⇒（新聞 雜誌）

どちらも読<small>よ</small>みません。 　両個都不看。 ⇒（新聞 雜誌）

話しましょうB

- 自分の状況に合わせて、答えてください。請按照自己的狀況回答。

- 「AとB、どちらをよく～ますか」と聞いてください。請以「AとB、どちらをよく～ますか」詢問。

6. ［パン ご飯<small>はん</small>］よく食<small>た</small>べます 　　（パン ご飯）
7. ［小説<small>しょうせつ</small> 漫画<small>まんが</small>］よく読<small>よ</small>みます 　　（小説 漫画）
8. ［ビール ワイン］よく飲<small>の</small>みます 　　（ビール ワイン）
9. ［中国語<small>ちゅうごくご</small> 台湾語<small>たいわんご</small>］よく話<small>はな</small>します 　　（中国語 台湾語）
10. ［スマホ パソコン］よく使<small>つか</small>います 　　（スマホ パソコン）

やってみましょう

請填入適當的助詞。

1. どこ（　　）一番<small>いちばん</small>よく行<small>い</small>きますか。
2. どこ（　　）一番<small>いちばん</small>好<small>す</small>きですか。
3. どんなワイン（　　）一番<small>いちばん</small>よく飲<small>の</small>みますか。
4. どんな料理<small>りょうり</small>（　　）一番<small>いちばん</small>好<small>す</small>きですか。
5. 誰<small>だれ</small>（　　）一番<small>いちばん</small>よく会<small>あ</small>いますか。
6. 誰<small>だれ</small>（　　）一番<small>いちばん</small>好<small>す</small>きですか。

書きましょう

例 私は果物をよく食べますよ。

A：_____ 我常吃水果喔。

B：_____ 最常吃什麼水果呢？

A：_____

　　最常吃「蓮霧」這種水果。

_____ 最常吃香蕉。

話しましょうA

- 自分に当てはまるものをまず4つ選んで、会話を始めてください。請先選擇4個符合自己狀況的例句開始對話。

（　）私はお酒をよく飲みますよ。

（　）私は音楽をよく聞きますよ。

（　）私は料理をよく作りますよ。

（　）私はドリンク専門店で飲み物をよく買いますよ。

（　）私はスポーツをよくしますよ。

（　）私はドラマをよく見ますよ。

（　）私は本をよく読みますよ。

（　）私はコンビニで食べ物をよく買いますよ。

（　）私はゲームをよくしますよ。

（　）私はカフェによく行きますよ。

ポイント

> AというB：叫做A的B（此句型用於對方不知道的事物時。）
>
> 1. ローソンというコンビニに一番よく行きます。我最常去「LAWSON」這家便利商店。
>
> 2. 昨日、「スカッシュ」というスポーツをしました。昨天從事了「壁球」這個運動。

書きましょう（答え）

例　私は果物をよく食べますよ。

A：　私は果物をよく食べますよ。　　　　我常吃水果喔。

B：　どんな果物を一番よく食べますか。　　最常吃什麼水果呢？

A：　「蓮霧」という果物を一番よく食べます。

　　　最常吃「蓮霧」這種水果。

　　　バナナを一番よく食べます。　　　　最常吃香蕉。

話しましょうB

- 自分に当てはまるものをまず4つ選んで、会話を始めてください。請先選擇4個符合自己狀況的例句開始對話。

　　（　）私はお酒をよく飲みますよ。
　　（　）私は音楽をよく聞きますよ。
　　（　）私は料理をよく作りますよ。
　　（　）私はドリンク専門店で飲み物をよく買いますよ。
　　（　）私はスポーツをよくしますよ。
　　（　）私はドラマをよく見ますよ。
　　（　）私は本をよく読みますよ。
　　（　）私はコンビニで食べ物をよく買いますよ。
　　（　）私はゲームをよくしますよ。
　　（　）私はカフェによく行きますよ。

• この課では実際の会話をしましょう。「書きましょう」の質問から初めて、会話を続けましょう。

本課請從「書きましょう」的問題開始，並參考會話的例句及單字用語。

書きましょう

1. ＿＿＿＿＿＿＿＿＿＿＿＿＿＿＿＿ 至今去了哪些國家旅遊呢？

2. ＿＿＿＿＿＿＿＿＿＿＿＿＿＿＿＿ 哪裡最好呢？

3. ＿＿＿＿＿＿＿＿＿＿＿＿＿＿＿＿ 什麼時候去的呢？

4. ＿＿＿＿＿＿＿＿＿＿＿＿＿＿＿＿ 去玩幾天呢？

5. ＿＿＿＿＿＿＿＿＿＿＿＿＿＿＿＿ 搭哪家公司的飛機去的呢？

6. ＿＿＿＿＿＿＿＿＿＿＿＿＿＿＿＿＿＿＿＿＿

　　覺得（地名）的哪個地方不錯呢？

7. ＿＿＿＿＿＿＿＿＿＿＿＿＿＿＿＿ 熱嗎？冷嗎？

会話例

A：今までどの国に旅行に行きましたか。

B：日本と香港とアメリカなどに行きました。

A：どこが一番よかったですか。

B：日本が一番よかったです。

A：日本のどこが一番よかったですか。

B：東京が一番楽しかったです。

A：東京に何日旅行に行きましたか。

B：1週間くらい旅行しました。

A：どの会社の飛行機で行きましたか。

B：忘れました。たぶん、チャイナです。（たぶん：可能）

A：北海道に行きましたか。

B：はい、行きました。本当に寒かったです。

書きましょう（答え）

1. 今までどの国に旅行に行きましたか。　　至今去了哪些國家旅遊呢？

2. どこが一番よかったですか。　　哪裡最好呢？

3. いつ行きましたか。　　什麼時候去的呢？

4. 何日旅行しましたか。　　去玩幾天呢？

5. どの会社の飛行機で行きましたか。　　搭哪家公司的飛機去的呢？

6. （地名）のどこがよかったですか。

   覺得（地名）的哪個地方不錯呢？

7. 暑かったですか。寒かったですか。　　熱嗎？冷嗎？

参考単語・表現

日本・中国・香港・韓国・タイ（泰國）・ベトナム（越南）・マカオ（澳門）・アメリカ（美國）・シンガポール（新加坡）・マレーシア（馬來西亞）・フィリピン（菲律賓）・オーストラリア（澳大利亞）	東京・京都・大阪・福岡・沖縄・北海道・四国・九州 台北・台中・台南・高雄・宜蘭・台東
1日 2日 3日 4日 5日 1週間くらい 2週間くらい 〜か月前 〜年前 〜年の[春・夏・秋・冬]	チャイナ China（中華航空） キャセイ Cathy（國泰航空） エバーグリーン Ever Green（長榮） ジャル JAL（日本航空） エーエヌエー ANA（全日本航空） ピーチ Peach（樂桃航空） タイガーエア tigerair（欣豐虎航）

42 何をもらいましたか。收到了什麼呢？

書きましょう

例　陳ー(?　　)→李　　⇒　陳ー(かばん)→李

A：＿＿＿＿＿＿＿＿＿＿＿＿＿＿＿＿＿＿＿＿＿
　　陳先生給李先生什麼東西了呢？

B：＿＿＿＿＿＿＿＿＿＿＿＿＿＿＿＿＿＿　給他包包了。

例　蔡←(?　　)ー劉　　⇒　蔡←(本)ー劉

A：＿＿＿＿＿＿＿＿＿＿＿＿＿＿＿＿＿＿＿＿＿
　　蔡先生從劉先生那裡得到什麼東西了呢？

B：＿＿＿＿＿＿＿＿＿＿＿＿＿＿＿＿＿＿　得到書了。

話しましょうA

- 「お金 花 シャツ ネクタイ」から選んで書いてください。
  問對方「？」的部分，從「お金 花 シャツ ネクタイ」中選出並寫下。

1. 劉ー　(?　　)→斎藤	・許ー　　(ネクタイ)→楊
2. 小林←(?　　)ー蔡	・楊ー　　(お金)→許
3. 小林ー(?　　)→蔡	・楊ー　　(お金)→吉田
4. 蔡ー　(?　　)→劉	・加藤ー(シャツ)→許
5. 劉←　(?　　)ー斎藤	・吉田ー(花)→加藤

- 右の四角形の中を見ながら、答えてください。請參考右邊框框中的答案並回答。

ポイント

AさんはBさんに何^{なに}をあげましたか。A給了B什麼呢？

　Cをあげました。給了C。

AさんはBさんに何^{なに}をもらいましたか。A從B那收到了什麼呢？

　Cをもらいました。收到了C。

何_{なに}をもらいましたか。收到了什麼呢？

書きましょう（答え）

例 陳ー（? ）→李　　⇒ 陳ー（ かばん ）→李

A： 陳さんは李さんに何をあげましたか。

陳先生給李先生什麼東西了呢？

B： かばんをあげました。　　　　　　　　　給他包包了。

例 蔡←（? ）ー劉　　⇒ 蔡←（ 本 ）ー劉

A： 蔡さんは劉さんに何をもらいましたか。

蔡先生從劉先生那裡得到什麼東西了呢？

B： 本をもらいました。　　　　　　　　　得到書了。

話しましょうB

- 右の四角形の中を見ながら、答えてください。請參考右邊框框中的答案並回答。

6. 加藤ー　（? ）→許
7. 吉田←　（? ）ー楊
8. 許ー　（? ）→楊
9. 加藤←　（? ）ー吉田
10. 許←　（? ）ー楊

- 劉ー　（シャツ ）→ 斎藤
- 斎藤ー（ 花 ）→ 劉
- 小林ー（ネクタイ）→ 蔡
- 蔡ー　（ 花 ）→ 小林
- 蔡ー　（ お金 ）→ 劉

- 「お金 花 シャツ ネクタイ」から選んで書いてください。

問對方「?」的部分，從「お金 花 シャツ ネクタイ」中選出並寫下。

やってみましょう

1. 昨日_{きのう}は私_{わたし}の誕生日_{たんじょうび}でした。私_{わたし}は父_{ちち}にプレゼントを＿＿＿＿＿＿。
2. サンタクロース（聖誕老公公）は子供_{こども}にプレゼントを＿＿＿＿。
3. 友達_{ともだち}はお金_{かね}がありません。私_{わたし}は友達_{ともだち}にお金_{かね}を＿＿＿＿＿＿。
4. お正月_{しょうがつ}に子供_{こども}はお年玉_{としだま}（紅包）を＿＿＿＿＿＿。

書きましょう

例 邱－（ 机 ）→（？ 　　） 　　 ⇒邱－（ 机 ）→（ 山口 ）

A：＿＿＿＿＿＿＿＿＿＿＿＿＿＿＿＿＿＿＿ 邱小姐給誰桌子了呢？

B：＿＿＿＿＿＿＿＿＿＿＿＿＿＿＿＿＿ 給了山口先生。

例 邱←（スマホ）－（？ 　　） 　　 ⇒邱←（スマホ）－（ 井上 ）

A：＿＿＿＿＿＿＿＿＿＿＿＿＿＿＿＿＿＿＿

邱小姐從誰那得到手機了呢？

B：＿＿＿＿＿＿＿＿＿＿＿＿＿＿＿＿＿＿＿ 從井上先生那裡得到了。

話しましょうA

- 「鄭 謝 佐々木 山田」から選んで書いてください。請詢問「？」是誰問的，從「鄭 謝 佐々木 山田」中選出並寫下。

1. 山田←　（椅子）－（？　　）
2. 山田－　（椅子）→（？　　）
3. 佐々木－（本棚）→（？　　）
4. 鄭－　　（本棚）→（？　　）
5. 謝←　　（机）－　（？　　）

- 洪－　　（スマホ）→ 松本
- 松本－（スマホ）→ 郭
- 松本－（財布 ）→ 洪
- 井上－（財布 ）→ 郭
- 洪－　　（ 傘 ）→ 井上

- 右の四角形の中を見ながら、答えてください。請參考右邊框框中的答案並回答。

ポイント

Aさんは誰にCをあげましたか。A給了誰C呢？

　Bさんにあげました。給了B。

Aさんは誰にCをもらいましたか。A從誰那收到了C呢？

　Bさんにもらいました。從B那收到的。

書きましょう（答え）

例 邱ー（ 机 ）→（？　　）　　⇒邱ー（ 机 ）→（ 山口 ）

A：　邱さんは誰に机をあげましたか。　　邱小姐給誰桌子了呢？

B：　山口さんにあげました。　　給了山口先生。

例 邱←（スマホ）ー（？　　）　　⇒邱←（スマホ）ー（ 井上 ）

A：　邱さんは誰にスマホをもらいましたか。

邱小姐從誰那得到手機了呢？

B：　井上さんにもらいました。　　從井上先生那裡得到了。

話しましょうB

- 右の四角形の中を見ながら、答えてください。請參考右邊框框中的答案並回答。
- 「洪 郭 松本 井上」から選んで書いてください。請詢問「？」是誰問的，從「洪 郭 松本 井上」中選出並寫下。

6.　松本←（スマホ）ー（？　　）
7.　松本ー（スマホ）→（？　　）
8.　洪←（財布）ー（？　　）
9.　郭←（財布）ー（？　　）
10.　洪ー（傘）→（？　　）

- 佐々木ー（本棚）→鄭
- 佐々木ー（机）→謝
- 謝ー（椅子）→山田
- 鄭ー（本棚）→謝
- 山田ー（椅子）→佐々木

やってみましょう

正確請打○，錯誤請打×。

1. 陳さんは林さん〔（　）に　（　）から　（　）まで〕本をあげました。
2. 陳さんは林さん〔（　）に　（　）から　（　）まで〕本をもらいました。

書きましょう

例 クリスマス

A : _____

去年聖誕節有給禮物嗎？

B : _____ 有，有給。

A : _____ 給誰呢？

B : _____ 給了哥哥的小孩。

A : _____ 給了什麼呢？

B : _____ 給了玩具。

A : _____

去年聖誕節有收到禮物嗎？

B : _____ 不，什麼都沒收到。

話しましょうA

		あげました	もらいました
例	クリスマス	誰(だれ):お兄(にい)さんの子供(こども) 何(なに):おもちゃ	誰(だれ): ✕ 何(なに):
	1)～さんの家族(かぞく)の誕生日(たんじょうび)	誰(だれ): 何(なに):	
	2)～さんの誕生日(たんじょうび)		誰(だれ): 何(なに):
	3)［父の日(ちちひ)・母の日(ははひ)］	誰(だれ): 何(なに):	誰(だれ): 何(なに):
	4)クリスマス	誰(だれ): 何(なに):	誰(だれ): 何(なに):

書きましょう（答え）

例 クリスマス

A： 去年のクリスマスにプレゼントをあげましたか。

去年聖誕節有給禮物嗎？

B： はい、あげました。　　　　　　　　有，有給。

A： 誰にあげましたか。　　　　　　　　給誰呢？

B： 兄の子供にあげました。　　　　　　給了哥哥的小孩。

A： 何をあげましたか。　　　　　　　　給了什麼呢？

B： おもちゃをあげました。　　　　　　給了玩具。

A： 去年のクリスマスにプレゼントをもらいましたか。

去年聖誕節有收到禮物嗎？

B： いいえ、何ももらいませんでした。　不，什麼都沒收到。

話しましょうB

		あげました	もらいました
例	クリスマス	誰：お兄さんの子供 何：おもちゃ	誰： 何：
	5）〜さんの誕生日		誰： 何：
	6）クリスマス	誰： 何：	誰： 何：
	7）[父の日・母の日]	誰： 何：	誰： 何：
	8）お正月	誰： 何：	誰： 何：

45 誰^{だれ}がくれましたか。 誰給你的呢？

書きましょう

例 お父^{とう}さん－（ ？ ）→（對方）さん

　A：＿＿＿＿＿＿＿＿＿＿＿＿＿＿＿＿＿　　爸爸給了（你）什麼呢？

　B：＿＿＿＿＿＿＿＿＿＿＿＿＿＿＿＿＿　　給了現金。

例 （ ？ ）－（ 車^{くるま} ）→（對方）さん

　A：＿＿＿＿＿＿＿＿＿＿＿＿＿＿＿＿＿　　誰給了（你）車子的呢？

　B：＿＿＿＿＿＿＿＿＿＿＿＿＿＿＿＿＿　　爺爺給的。

話しましょうＡ

- 相手の人は「おじいちゃん、おばあちゃん、おじさん、おばさん、お父^{とう}さん、お母^{かあ}さん」に「ダイヤモンド ネックレス イヤリング 金^{きん} 指輪^{ゆびわ}」をもらいました。誰が何をくれたのか聞いてください。請詢問對方，誰給你什麼東西，再將回覆寫在（ ）中。

（　　　　）－ダイヤモンド　→
お母^{かあ}さん －（　　　　　　）→
（　　　　）－イヤリング　　→
おばあさん －（　　　　　　）→
（　　　　）－ネックレス　　→

（　　）さん（對方）

- 質問に答えてください。請回答對方的提問。

おじさん － 飛行機^{ひこうき}　　→
おばあちゃん － 株^{かぶ}　　→
お父^{とう}さん － 現金^{げんきん}　　→
お母^{かあ}さん － ビル　　→
おじいちゃん － 土地^{とち}　　→

私^{わたし}（你自己）

ポイント

> Ａは私^{わたし}にＢをくれます。（Ａ給我Ｂ。）
> 　（≒私^{わたし}はＡにＢをもらいます。）

45 誰がくれましたか。誰給你的呢？

書きましょう（答え）

例 お父さん－（ ？ ）→（對方）さん

A： お父さんは何をくれましたか。　　爸爸給了（你）什麼呢？

B： 現金をくれました。　　給了現金。

例 （ ？ ）－（ 車 ）→（對方）さん

A： 誰が車をくれましたか。　　誰給了（你）車子的呢？

B： おじいちゃんがくれました。　　爺爺給的。

話しましょうB

• 質問に答えてください。請回答對方的提問。

<pre>
　おじいさん　－イヤリング　　→
　おばあさん　－ 指輪　　　　→
　おばさん　　－ダイヤモンド　→
　お母さん　　－ 金　　　　　→
　お父さん　　－ネックレス　　→
</pre>

私（你自己）

• 相手の人は「おじいちゃん、おばあちゃん、おじさん、おばさん、お父さん、お母さん」から「ビル、土地、株、現金、飛行機」をもらいました。誰が何をくれたのか聞いてください。請詢問對方，誰給你什麼東西，再將回覆寫在（ ）中。

<pre>
　お父さん　　－（　　　　　）→
　（　　　）－ ビル　　　　→
　おじいちゃん－（　　　　　）→
　（　　　）－ 株　　　　　→
　おじさん　　－（　　　　　）→
</pre>

（　　）さん（對方）

書きましょう

例 先週、～さんにお金を貸しましたよ。

A：_____

　　上星期借錢給曾先生（你）了喔。

B：_____

　　誒？我嗎？我沒有借喔。

話しましょうA

- 「～」部分に相手の名前を入れて、そのまま言ってください。請將對方的名字放入「～」後並直接唸出句子。

　1. 去年、～さんにプレゼントをあげましたよ。
　2. 先月、～さんに本を貸しましたよ。
　3. 昨日、～さんに電話をかけましたよ。
　4. おととい、～さんに手紙をもらいましたよ。
　5. 先月、～さんのこの本をもらいましたよ。
　6. 先週、～さんにお金を借りましたよ。

- 相手に言われたことについて、記憶がありません。「えっ？私ですか。私は～ませんでしたよ」と答えてください。不記得對方說的內容。請用「えっ？私ですか。私は～ませんでしたよ」來回答。

ポイント

あげます	⇔	もらいます
貸します	⇔	借ります
教えます	⇔	習います
電話をかけます	⇔	電話をもらいます
手紙を書きます	⇔	手紙をもらいます
（出します）		

書きましょう（答え）

例　先週、〜さんにお金を貸しましたよ。

A：　先週、曽さんにお金を貸しましたよ。

上星期借錢給曾先生（你）了喔。

B：　えっ？私ですか。私は借りませんでしたよ。

誒？我嗎？我沒有借喔。

話しましょうB

- 相手に言われたことについて、記憶がありません。「えっ？私ですか。私は〜ませんでしたよ」と答えてください。不記得對方說的內容。請用「えっ？私ですか。私は〜ませんでしたよ」來回答。

- 「〜」部分に相手の名前を入れて、そのまま言ってください。請將對方的名字放入「〜」後並直接唸出句子。

　　7.　先月、〜さんにお土産をもらいましたよ。
　　8.　先月、〜さんにこの方法を習いましたよ。
　　9.　昨日、〜さんに電話をもらいましたよ。
　　10.先週、〜さんに漫画を借りましたよ。
　　11.おととい、〜さんにメールを書きましたよ。
　　12.昨日、〜さんにジュースをあげましたよ。

やってみましょう

正確請打○，錯誤請打 ✕。

例1　（○）私は鈴木さんにお金をもらいました。
例2　（✕）鈴木さんは私にお金をあげました。
1.　（　）友達は私にお金を貸しました。
2.　（　）私は林先生に日本語を習いました。
3.　（　）李さんは楊さんにプレゼントをくれました。
4.　（　）陳さんは私に手紙をもらいました。

書きましょう

例 日本

A：＿＿＿＿＿＿＿＿＿＿＿＿＿＿＿＿　廖小姐（妳）想去日本嗎？

B：＿＿＿＿＿＿＿＿＿＿＿＿＿＿＿＿　是的，無論如何很想去。　⇒○

　　＿＿＿＿＿＿＿＿＿＿＿＿＿＿＿＿　不，不想去。　　　　　⇒×

例 お金

A：＿＿＿＿＿＿＿＿＿＿＿＿＿＿＿＿　廖小姐（妳）想要錢嗎？

B：＿＿＿＿＿＿＿＿＿＿＿＿＿＿＿＿　是的，無論如何都很想要。⇒○

　　＿＿＿＿＿＿＿＿＿＿＿＿＿＿＿＿　不，不想要。　　　　　⇒×

話しましょうＡ

- 「～がほしいです」か「～たいです」の文型を使って、希望の有無を聞いてください。
  請用「～がほしいです」或「～たいです」的句型，詢問是否想要。

  1. 納豆　　　　　　　　（　　）
  2. かわいい弟　　　　　（　　）
  3. お母さんの声　　　　（　　）
  4. 新しい映画　　　　　（　　）
  5. 作文の授業　　　　　（　　）
  6. 日本の新しいドラマ　（　　）

- 自分の状況に合わせて、答えてください。請按照自己的狀況回答。

ポイント

【動作】　：（動詞ます形）＋たいです。

【物・人】：～がほしいです。

書きましょう（答え）

例 日本

A: 廖さんは日本に行きたいですか。 廖小姐（妳）想去日本嗎？

B: はい、ぜひ行きたいです。 是的，無論如何很想去。 ⇒○

いいえ、行きたくないです。 不，不想去。 ⇒×

例 お金

A: 廖さんはお金がほしいですか。 廖小姐（妳）想要錢嗎？

B: はい、ぜひほしいです。 是的，無論如何都很想要。 ⇒○

いいえ、ほしくないです。 不，不想要。 ⇒×

話しましょうB

- 自分の状況に合わせて、答えてください。請按照自己的狀況回答。

- 「～がほしいです」か「～たいです」の文型を使って、希望の有無を聞いてください。
  請用「～がほしいです」或「～たいです」的句型，詢問是否想要。

  7. 日本語の小説 （　　）
  8. 旅行 （　　）
  9. 大学院 （　　）
  10. 彼女 / 彼 （　　）
  11. 韓国語 （　　）
  12. かわいい服 （　　）

やってみましょう

正確請打○，錯誤請打 ×。

例 お金 [（○） がほしい （×） をしたい] です。

1. 彼女 [（　） がほしい （　） をしたい] です。
2. 旅行 [（　） がほしい （　） をしたい] です。
3. 仕事 [（　） がほしい （　） をしたい] です。

書きましょう

例 行きます　　　　　　　　　　⇒（ 北海道 ）

A：＿＿＿＿＿＿＿＿＿＿＿＿＿＿＿＿＿＿＿＿

　　陳先生（你）現在想去哪裡呢？

B：＿＿＿＿＿＿＿＿＿＿＿＿＿＿＿＿＿＿＿想去北海道。

例 果物を食べます　　　　　　　⇒（ × ）

A：＿＿＿＿＿＿＿＿＿＿＿＿＿＿＿＿＿＿＿＿

　　陳先生（你）現在想吃什麼樣的水果呢？

B：＿＿＿＿＿＿＿＿＿＿＿＿＿＿＿＿＿＿＿什麼都不想吃。

話しましょうA

- 相手の希望を聞いてください。請以「今、(疑問詞)〜たいですか」的句型，詢問對方的期望。

　　１. 飲みます　　　　　　　　　　（　　　　）

　　２. 行きます　　　　　　　　　　（　　　　）

　　３. 勉強します　　　　　　　　　（　　　　）

　　４. スポーツをします　　　　　　（　　　　）

　　５. お父さんにプレゼントをあげます（　　　　）

- 自分の状況に合わせて、答えてください。請按照自己的狀況回答。

ポイント

【物品】：[何 / どんな物 / どんな料理] を食べたいですか。

【場所】：どこに行きたいですか。
　　　　　どこで食べたいですか。

【人】　：誰にプレゼントをあげたいですか。
　　　　　誰と旅行に行きたいですか。

書きましょう（答え）

例 行<small>い</small>きます ⇒（ 北海道<small>ほっかいどう</small> ）

A： 陳<small>ちん</small>さんは今<small>いま</small>、どこへ行<small>い</small>きたいですか。

陳先生（你）現在想去哪裡呢？

B： 北海道<small>ほっかいどう</small>へ行<small>い</small>きたいです。 想去北海道。

例 果物<small>くだもの</small>を食<small>た</small>べます ⇒（ × ）

A： 陳<small>ちん</small>さんは今<small>いま</small>、どんな果物<small>くだもの</small>を食<small>た</small>べたいですか。

陳先生（你）現在想吃什麼樣的水果呢？

B： 何<small>なに</small>も食<small>た</small>べたくないです。 什麼都不想吃。

話しましょうB

- 自分の状況に合わせて、答えてください。請按照自己的狀況回答。

- 相手の希望を聞いてください。請以「今、（疑問詞）～たいですか」的句型，詢問對方的期望。

6. 買<small>か</small>います （　　　）
7. 会<small>あ</small>います （　　　）
8. 旅行<small>りょこう</small>します （　　　）
9. 習<small>なら</small>います （　　　）
10.プレゼントをもらいます （　　　）

やってみましょう

正確請打○，錯誤請打×。
1. 日本<small>にほん</small> [（　）を（　）に（　）へ（　）で] 行<small>い</small>きます。
2. 彼<small>かれ</small> [（　）を（　）に（　）へ（　）で] 会<small>あ</small>います。
3. バイク [（　）を（　）に（　）へ（　）で] 買<small>か</small>います。
4. 日本<small>にほん</small> [（　）を（　）に（　）へ（　）で] 旅行<small>りょこう</small>します。

書きましょう

例 「午後（ごご）の紅茶（こうちゃ）」 紅茶（こうちゃ） おいしかったです

A：_____

叫做「午後的紅茶」的紅茶很好喝喔。

B：_____

是喔，我也非常想喝。

_____

是喔，我沒特別想喝。

話しましょうA

- 過去形（かこけい）で自分（じぶん）の体験（たいけん）を述（の）べてください。請用過去式陳述自己的體驗。

  1. 「ほろよい」 お酒（さけ） おいしかったです
  2. 「となりのトトロ」 映画（えいが） よかったです
  3. 「ノルウェイの森（もり）」（挪威的森林） 小説（しょうせつ） おもしろかったです
  4. 伏見稲荷大社（ふしみいなりたいしゃ） 神社（じんじゃ） きれいでした
  5. チヂミ（韓國煎餅） 韓国料理（かんこくりょうり） おいしかったです

- 相手（あいて）の体験（たいけん）を聞（き）いて、「そうですか。私（わたし）もぜひ〜たいです」か「そうですか。私は別（べつ）に〜たくないです」と答（こた）えてください。
  請詢問對方的體驗，並以「そうですか。私もぜひ〜たいです」或「そうですか。私は別に〜たくないです」回答。

ポイント

AというB：叫做A的B（此句型用於對方不知道的事物時。）

い形容詞過去形：〜い→かったです。

※いいです→よかったです。

107

書きましょう（答え）

例 「午後(ご ご)の紅茶(こうちゃ)」紅茶(こうちゃ) おいしかったです

A： 「午後(ご ご)の紅茶(こうちゃ)」という紅茶(こうちゃ)はおいしかったですよ。

叫做「午後的紅茶」的紅茶很好喝喔。

B： そうですか。私(わたし)もぜひ飲(の)みたいです。

是喔，我也非常想喝。

そうですか。私(わたし)は別(べつ)に飲(の)みたくないです。

是喔，我沒特別想喝。

話しましょうB

- 相手の体験を聞いて、「そうですか。私もぜひ～たいです」か「そうですか。私は別に～たくないです」と答えてください。

  請詢問對方的體驗，並以「そうですか。私もぜひ～たいです」或「そうですか。私は別に～たくないです」回答。

- 過去形で自分の体験を述べてください。請用過去式陳述自己的體驗。

  6. フリクション（魔擦筆） ペン 便利(べん り)でした

  7. スカッシュ（壁球） スポーツ 楽(たの)しかったです

  8. ラックス（LUX 洗髪精） シャンプー よかったです

  9. 「世界(せ かい)から猫(ねこ)が消(き)えたなら」（如果這世界貓消失了） 小説(しょうせつ) 感動(かんどう)しました

  10. 金閣寺(きん かく じ) お寺(てら) きれいでした

108

書きましょう

1. ＿＿＿＿＿＿＿＿＿＿＿＿＿＿＿＿＿＿ 現在想去日本旅行嗎？

2. ＿＿＿＿＿＿＿＿＿＿＿＿＿＿＿＿＿＿ 想去日本的哪裡呢？

3. ＿＿＿＿＿＿＿＿＿＿＿＿＿＿＿＿＿＿ 想在京都做什麼呢？

4. ＿＿＿＿＿＿＿＿＿＿＿＿＿＿＿＿＿＿ 想吃什麼呢？

5. ＿＿＿＿＿＿＿＿＿＿＿＿＿＿＿＿＿＿ 想看什麼呢？

6. ＿＿＿＿＿＿＿＿＿＿＿＿＿＿＿＿＿＿ 想買什麼呢？

7. ＿＿＿＿＿＿＿＿＿＿＿＿＿＿＿＿＿＿ 其他還想去哪裡呢？

会話例

A：日本に旅行に行きたいですか。

B：はい、ぜひ行きたいです。

A：日本のどこに行きたいですか。

B：北海道に行きたいです。

A：北海道で海鮮を食べたいですか。

B：いいえ、別に食べたくないです。

A：じゃ、何をしたいですか。

B：雪を見たいです。

書きましょう（答え）

1. 今、日本に旅行に行きたいですか。　　　現在想去日本旅行嗎？

2. 日本のどこに行きたいですか。　　　想去日本的哪裡呢？

3. 京都で何をしたいですか。　　　想在京都做什麼呢？

4. 何を食べたいですか。　　　想吃什麼呢？

5. 何を見たいですか。　　　想看什麼呢？

6. 何を買いたいですか。　　　想買什麼呢？

7. 他にどこに行きたいですか。　　　其他還想去哪裡呢？

参考単語・表現

東京・京都・大阪・福岡・沖縄・北海道・四国・九州
台北・台中・台南・高雄・宜蘭・台東

神社・お寺・温泉・買い物・おいしいもの・きれいな風景・桜・歴史

東京：浅草寺・東京スカイツリー（東京晴空塔）・東京タワー（東京鐵塔）・東京ディズニーランド（東京迪士尼樂園）・明治神宮・原宿・新宿御苑・ジブリ美術館（吉卜力美術館）・日光
京都：金閣寺・伏見稲荷大社・清水寺・嵐山・銀閣寺
大阪：大阪城・USJ（日本環球影城）・海遊館・道頓堀
その他：富士山・白川郷・厳島神社・奈良の大仏・姫路城・阿蘇山

03 1. a 2. b 3. a

05 1. a 2. b 3. a 4. b

06 1. に（へ） 2. を 3. を 4. を／×

07 1.× ○ 2.○ ○ 3.○ ○
（「読みます」：需一一閱讀文字；「見ます」：有圖像、影像等看一個畫面。）

10 （な）きれい （い）汚い
（な）有名 （な）好き （な）嫌い
（い）おいしい （な）得意

12 1.× ○ 2.○ ○ 3.× × 4.× ○ （「私は上手です」給人驕傲的感覺，說自己時較不使用，所以會用「得意」；對該人物難以應付時會用「苦手」，此時不會用「上手」或「得意」。）

13 1.の 2.な 3.× 4.× （2.「嫌い」、「きれい（綺麗）」、「有名（ゆうめい）」、「得意（とくい）」是な形容詞。な形容詞的否定加「～じゃない」後，以い形容詞接續名詞。）

15 1. b 2. a （「看富士山」是在說話的當下而不在眼前，表示對過去的印象，用過去式；而娃娃還在手邊，表示對現在物品的印象，故用現在式。）

19 1.○ × ○ 2.× ○ ×
3.× × ○

21 1.○ × 2.× ○ 3.○ ○ （「～曜日」後，「に」可加，可不加。）

23 1.○ × 2.○ ○ 3.× ○ 4.○ ×，× ○ （「人數、團體」＋で、「個人」＋と。「家族」可視為個人及團體，故兩者皆能使用。）

27 1.× ○ 2.○ ○ 3.× ○ （表示動作的名詞可以直接加「に」，但如有「～を」、「～で」、「～に」或有副詞的情況，就必須用動詞呈現。）

28 1.○ 2.○ 3.× （3.「は」的使用較不自然。通常加「は」的語彙或時間，會放在句子的最前面。）

29 1. a 2. a 3. b 4. b 5. a

31 1. a 2. b 3. a 4. b

32 1.× 2.な 3.な 4.の（に　へ）
5.× （「同じ」是特殊單字，不加「な」或「の」就能直接修飾名詞。）

34 1. a 2. b 3. c 4. a 5. c （「とても」：表示程度的高。「たくさん」：表示數量的多。「よく」：①表示頻率的高。②表示理解程度的高。）

35 1.× ○ 2.× ○

37 1.○ 2.○ 3.○ 4.○ 5.○

39 1. に（へ） 2. が 3. を 4. が
5. に（と） 6. が

42 1. もらいました 2. あげます（あげました） 3. あげます（あげました）
4. もらいます（もらいました）

43 1.○ × × 2.○ ○ ×

46 1.× 2.○ 3.× 4.× （句子當中有「我」的時候，原則上是當主詞，但出現「くれる」等的時候，就會有例外。）

47 1.○ × 2.× ○ 3.○ ○

48 1.× ○ ○ × 2.× ○ × ×
3.○ × × × 4.○ ○ ○ ○

國家圖書館出版品預行編目資料

兩人一組！開口就能學日語1 / 中村直孝、林怡君合著
-- 初版 -- 臺北市：瑞蘭國際, 2021.07
112面；19 x 26公分 -- （日語學習系列；58）
ISBN：978-986-5560-27-0（第1冊：平裝）
1.日語 2.會話

803.188　　　　　　　　　　　　　110010967

日語學習系列　58
兩人一組！開口就能學日語 ①

作者｜中村直孝、林怡君
責任編輯｜葉仲芸、王愿琦
校對｜中村直孝、林怡君、葉仲芸、王愿琦

封面設計、版型設計｜劉麗雪
內文排版｜陳如琪
美術插畫｜中村直孝

瑞蘭國際出版
董事長｜張暖彗 · 社長兼總編輯｜王愿琦
編輯部
副總編輯｜葉仲芸 · 副主編｜潘治婷 · 副主編｜鄧元婷
設計部主任｜陳如琪
業務部
副理｜楊米琪 · 組長｜林湲洵 · 組長｜張毓庭

出版社｜瑞蘭國際有限公司 · 地址｜台北市大安區安和路一段 104 號 7 樓之一
電話｜(02)2700-4625 · 傳真｜(02)2700-4622 · 訂購專線｜(02)2700-4625
劃撥帳號｜19914152 瑞蘭國際有限公司
瑞蘭國際網路書城｜www.genki-japan.com.tw

法律顧問｜海灣國際法律事務所　呂錦峯律師

總經銷｜聯合發行股份有限公司 · 電話｜(02)2917-8022、2917-8042
傳真｜(02)2915-6275、2915-7212 · 印刷｜科億印刷股份有限公司
出版日期｜2021 年 07 月初版 1 刷 · 定價｜300 元 · ISBN｜978-986-5560-27-0